Frédéric Lenormand est l'auteur de nombreux romans, essais historiques et pièces de théâtre. Sa fameuse suite des aventures du juge Ti compte aujourd'hui dix-neuf romans.

Frédéric Lenormand

LE CHÂTEAU DU LAC TCHOU-AN

Les Nouvelles Enquêtes du Juge Ti

ROMAN

texte revu par l'auteur

Fayard

TEXTE INTÉGRAL

ISBN 978-2-7578-4074-0
(ISBN 2-213-61798-8, 1ʳᵉ publication)

© Librairie Arthème Fayard, 2004

Le Code de la propriété intellectuelle interdit les copies ou reproductions destinées à une utilisation collective. Toute représentation ou reproduction intégrale ou partielle faite par quelque procédé que ce soit, sans le consentement de l'auteur ou de ses ayants cause, est illicite et constitue une contrefaçon sanctionnée par les articles L. 335-2 et suivants du Code de la propriété intellectuelle..

Cette enquête se déroule en l'an 668 de notre ère. Le juge Ti vient d'être nommé à Pou-yang, florissante cité sur le Grand Canal impérial qui traverse l'Empire du nord au sud.

PERSONNAGES PRINCIPAUX :

Ti Jen-tsié, sous-préfet de Pou-yang
Hong Liang, sergent du juge Ti
Tchou Tchouo, propriétaire terrien
Dame Grâce, son épouse
Mlle Tchou et Petit Tchou, leurs enfants
Tchou Li-peng, père de Tchou Tchouo
Saveur de Paradis, moine cuisinier
Ho, jardinier
Song Lan, majordome
Jasmin Précoce, servante
Haricot le Cinquième, aubergiste
Bouton-de-Rose, prostituée

I

Tout en descendant la rivière, le juge Ti se reproche son imprudence ; dans une auberge, il entend d'intéressantes légendes locales.

À la vue du fleuve qui enflait de part et d'autre de sa jonque, le juge Ti se dit qu'il avait commis une folie en s'embarquant malgré les avertissements des bateliers. Les ordres impériaux ne souffraient pas de retard, il avait fait passer l'obéissance à son empereur avant sa propre sécurité, avant même la raison ou la prudence les plus élémentaires. Il avait été bien difficile de convaincre ces marins d'appareiller. Mais quelques pièces d'argent, le sceau officiel en corne de vache et la persuasion énergique de son sergent avaient accompli ce petit miracle qui les menait à leur perte : ils voguaient – pour combien de temps ? – sur ce fleuve de plus en plus terrible, où la mort se rapprochait d'instant en instant.

Alors qu'il touchait au terme de son mandat à Han-yuan, non loin de la capitale, le juge Ti avait reçu l'annonce de son affectation à Pou-yang, ville beaucoup plus excentrée, dont le sous-préfet était décédé. Le rouleau venu de Chang-an insistait sur l'urgence de sa prise de fonctions : cela faisait déjà cinq mois que les habitants de Pou-yang se plaignaient, la justice n'était plus assurée et l'ordre social en pâtissait. Il importait à la gloire de l'empereur que son serviteur Ti Jen-tsié s'y rendît au plus vite.

Peut-être ce dernier avait-il eu tort d'interpréter au pied de la lettre ce « au plus vite ». De quelle utilité serait-il au Fils du Ciel, une fois noyé ? Comment un magistrat bleu, à demi mangé par les poissons, pourrait-il accomplir sa mission ? Il ruminait ses remords et vilipendait son empressement fatal, tout en regardant avec appréhension les branches et autres débris charriés par des eaux qui l'engloutiraient sous peu.

Il pleuvait continûment depuis cinq jours. « J'ai bien fait de laisser mes épouses à Han-yuan, pensa-t-il. Les routes boueuses auraient rendu leur trajet pénible, même dans les palanquins. » Le roulis devint plus vif. Il se cramponna au bastingage. Sa descendance, du moins, lui survivrait. Oubliant pour l'instant son confucianisme censé le porter au pragmatisme, il s'excusa mentalement auprès de la divinité du fleuve d'avoir eu l'orgueil de défier les forces, à présent déchaînées, de la nature.

De gros paquets d'eau grise venaient se fracasser contre la coque comme des mains de géants qui auraient tenté de la briser. La pluie redoubla de violence. Le sergent Hong accourut vers son maître, une toile huilée à la main.

– Le Noble Juge ne devrait pas rester si près du bord ! Vous êtes trempé ! Je vous supplie de vous mettre à l'abri !

Hong Liang couvrit la tête de son maître. Ti se laissa pousser vers la petite cabine, très utile pour s'abriter du soleil aux beaux jours, mais totalement impropre à isoler les passagers de l'humidité par gros temps.

– Si au moins nous avions pu trouver un bateau décent ! reprit Hong Liang en tentant de ranimer les braises du poêle. Cette barcasse nous mène à notre mort !

La confrontation avec les éléments en furie écornait le sens des convenances. L'appréhension lui faisait tenir un langage qu'il ne se serait jamais permis en la présence de son patron vénéré en temps normal. Le juge était à mille lieues de lui en tenir rigueur, il était occupé à mettre son âme en état de rejoindre l'au-delà. Son sentiment de culpabilité risquait de compliquer la quête de félicité à laquelle tout sujet de l'Empire du Milieu aspirait pour son sommeil éternel. Il allait devoir demander pardon aux mânes de tous ceux qu'il avait engagés dans cette traversée irréfléchie.

Le capitaine écarta le rideau de leur abri pour annoncer que le grossissement des eaux ne permettait plus de poursuivre la navigation.

– Nous avions remarqué, figurez-vous ! rétorqua Hong Liang en se demandant si l'estomac de son patron n'allait pas se vider sur ses souliers.

Ils étaient en vue d'une petite ville portuaire et le capitaine demanda respectueusement à son éminent passager l'autorisation d'y accoster, bien que la formule fût de pure politesse. Ti acquiesça du menton sans prendre le risque d'ouvrir la bouche.

Presque une demi-veille[1] fut nécessaire aux délicates manœuvres d'accostage. Une fois la jonque arrimée à l'appontement avec de grands craquements, le capitaine annonça qu'il se voyait dans l'obligation de réclamer une rallonge pour les réparations. Ti promit tout ce qu'on voudrait et se dépêcha de poser le pied sur la terre ferme. La tempête la rendait hélas presque aussi inconfortable que le séjour au milieu des vagues. Hong Liang et trois marins s'emparèrent des bagages, et le groupe se hâta vers l'intérieur de la bourgade, sous une pluie battante. En jetant un coup d'œil derrière lui, le voyageur eut une vision encore plus effrayante que ce qu'il avait pu observer depuis la jonque. La rivière charriait à présent des troncs entiers, lancés comme des béliers, qui sans doute les auraient envoyés par le fond.

— Les dieux sont avec nous, cria-t-il par-dessus le crépitement de l'averse. Sans l'existence providentielle de ce port, nous serions morts à l'heure actuelle.

— On ne peut en douter, répondit le sergent Hong. Et si les dieux nous dégotent à présent une bonne auberge, accueillante et bien chauffée, je le croirai tout à fait.

Ils arrivaient justement sous une enseigne en bois, découpée en forme de héron et peinte en gris, follement ballottée par le vent.

— Ils t'ont entendu ! déclara le juge en poussant la porte.

Ils constatèrent cependant que le confort offert par le Héron-Argenté ne justifiait pas qu'on s'étendît

---

1. À la mi-saison, une veille correspond environ à deux heures.

beaucoup à remercier les dieux protecteurs. C'était une gargote à l'usage des patrons pêcheurs et des voyageurs de commerce. L'odeur de poisson frit menaçait d'étouffer les quelques réfugiés de l'orage massés autour de la cheminée. C'était, quoi qu'il en soit, un havre de tiédeur où l'on pouvait se sécher en écoutant craquer les charpentes et sautiller les tuiles du toit.

L'aubergiste accourut pour saluer les nouveaux arrivants et leur proposer ses services : un bol de soupe, du thé bouillant et une chambre dans l'arrière-cour.

– Au premier étage, spécifia Hong Liang, qui craignait les infiltrations.

– Toutes nos chambres sont à l'étage, honorable voyageur, répondit Haricot le Cinquième avec un sourire obséquieux. Nous avons dû fermer les appartements du rez-de-chaussée, à cause de la boue. Nous parvenons tout juste à préserver cette salle, grâce aux sacs de sable. Si les pluies se poursuivaient, nous devrions envisager d'avoir à subir les désagréments d'une crue, ce qui serait regrettable aussi bien pour nous que pour nos honorables visiteurs.

Le juge Ti soupira en se frottant les mains pour les réchauffer. L'eau était décidément la malédiction de ce voyage. L'aubergiste toussota. Il avait flairé le haut personnage et n'osait pas poser directement la question qui le taraudait.

– Puis-je demander à Leurs Seigneuries si notre bonne ville de Lo-p'ou[1] constitue le but de leur pérégrination ?

1. Au bord de la rivière Lo.

Les insignes du juge Ti étaient restés au fond de ses coffres. Rien ne l'obligeait donc à révéler son statut de magistrat impérial, et le piteux état où il se voyait ne l'y portait pas. Mieux valait se limiter à un incognito qui lui éviterait des commentaires plus ou moins gracieux sur la nécessité de faire construire des digues, l'incurie du gouvernement ou le difficile apostolat des fonctionnaires en mission. La paix était, dans son malheur, la chose qu'il désirait le plus.

– Je suis quatrième archiviste, attaché au tribunal de Pou-yang, où je me rends actuellement. Cet homme est mon valet.

– J'espère que vos chambres sont propres et que les rats n'y ont pas trouvé refuge, ajouta le « valet » Hong Liang.

– S'il y en a, nous les chasserons, répondit Haricot le Cinquième d'un air pincé.

Il leur tourna le dos et s'en fut commander les soupes et le thé brûlant.

Un peu plus tard, en allant prendre possession de leur logement, ils aperçurent au fond de la cour une grosse charrette bâchée d'où dépassaient des perches, des lampions et des éléments de décors.

– Nous avons en ce moment une troupe de comédiens qui nous ont priés de bien vouloir garder leurs effets, expliqua leur hôte d'une voix pleine de sous-entendus.

En langage d'aubergiste, cela voulait dire que les acteurs n'avaient pu acquitter leur note à cause des pluies, car les spectacles avaient en général lieu à ciel ouvert. Sans doute le brave homme avait-il retenu leur matériel en attendant qu'ils représentent un mystère sacré dans l'un ou l'autre des temples de la ville et se trouvent en mesure de le payer. C'était dans ces moments-là que le juge Ti se félicitait d'occuper dans l'administration une place en vue qui, si elle le poussait parfois sur les routes de manière fâcheuse, à l'égal des saltimbanques, le mettait au moins à l'abri des retours de fortune.

– J'espère que le bruit de leurs répétitions ne dérangera pas mon maître, s'inquiéta Hong Liang.

– Que Vos Seigneuries se rassurent, répondit Haricot le Cinquième. Ces talentueux artistes sont occupés à négocier les conditions de leur prochaine exhibition devant un public choisi.

En traduction, ils étaient en train de tirer le cordon de toutes les institutions locales pour quémander la faveur de se produire dans le premier grenier qu'on voudrait bien leur ouvrir. Par cette pluie pénétrante, ce ne devait pas être une partie de plaisir. Le juge Ti se sentit subitement moins malheureux.

L'aubergiste leur montra ce qu'il nommait sa « plus belle chambre, la suite mandarinale », deux pièces chichement meublées, que le petit archiviste de quatrième rang était prié de trouver à son goût. Hong Liang déposa leurs affaires dans la plus étroite, tandis que le juge Ti allait jauger d'un œil circonspect l'état de la terrasse en céramique où allait être déroulé son matelas de voyage. L'expiation de sa témérité continuait.

Après s'être quelque peu reposés de leurs déboires, ils décidèrent de descendre dîner à la table commune pour se distraire.

Leurs commensaux ne constituaient pas une clientèle plus choisie que le public des acteurs de foire.

Il y avait là deux ou trois employés de commerce habitués à prendre leur mal en patience et autant de pêcheurs de moyenne envergure, moins résignés et, partant, plus prompts à exprimer leur animosité envers les caprices du ciel.

— S'il n'y avait que la pluie ! Avec la montée des eaux nous est venue cette fièvre qui nous emportera si le flot ne le fait pas ! Notre contrée est oubliée des dieux !

On avait déposé dans un coin, dans de jolis bols, des offrandes de blé à Shennong, dieu de l'Agriculture et de la Médecine, pourfendeur des démons qui répandaient les maladies.

— Voilà dix personnes que l'on enterre au village des Trois Sources, à cinq lieues d'ici. Si ça continue…

Le juge Ti fut pris d'une quinte de toux. On lui jeta des regards obliques. Hong Liang se hâta de lui verser une tasse de thé rouge mélangé de fleurs et d'herbes aromatiques au point qu'on ne savait si l'on buvait une infusion ou un bouillon.

— Que voulez-vous ! dit un vieux pêcheur qui avait casé ses cormorans dans la soupente. Nous sommes tous logés à la même enseigne. Il faut s'en remettre à la providence.

Un autre haussa les épaules.

— À la même enseigne ? Vous voulez rire ! Les richards s'en tirent toujours. Prenez la famille Tchou, la plus fortunée de la région. Dès l'annonce du premier décès, ils se sont retirés dans leur résidence d'été, à l'écart, derrière les murs de leur bastion. La maladie sera bien retorse si elle parvient à les y dénicher ! Quand nous serons tous morts, ils auront encore le teint frais et le ventre gras ! Ces épidémies n'aiment pas les riches, elles contournent soigneusement les palais !

Le juge Ti tendit l'oreille : il y avait donc dans les parages un lieu véritablement confortable où attendre la fin de la crue, si cette dernière venait à se prolonger ?

— Ces Tchou sont-ils si bien logés ? demanda-t-il sur un ton détaché.

— Oh que oui ! Ils ont un superbe château, au milieu d'un domaine harmonieux, ceint d'un long mur et gardé comme une forteresse. Le parc est si grand qu'il englobe totalement le lac sur lequel est bâtie la maison.

— Une demeure lacustre ? s'étonna le juge. Dans ce cas, ne risquent-ils pas d'être inondés les premiers ?

Les patrons pêcheurs éclatèrent de rire.

— On voit bien que vous ne connaissez pas le pays. Le lac Tchou-An ne déborde jamais, il est protégé par la déesse qui l'habite. La dame du lac a passé depuis longtemps un accord avec ses hôtes, qui lui vouent un culte. La campagne peut bien crouler sous les catastrophes, le domaine reste un refuge de calme et d'harmonie que rien ne vient troubler. C'est une terre bénie. En des périodes comme celle-ci, chaque habitant de Lo-p'ou se battrait pour y vivre, même en esclave.

— Il y a dix ans, reprit un autre, lorsque des mercenaires ont ravagé la contrée, le domaine a été épargné. On raconte qu'il y a cinquante ans, lors de ce tremblement de terre épouvantable, seul le château a tenu bon, sans la moindre fissure ! C'est là qu'il faut être quand un malheur pointe le bout de son nez. Les Tchou n'ont jamais eu de mal à marier leurs enfants, et cela ne tient pas seulement à leur immense fortune.

– D'où leur vient cet argent ? demanda le juge Ti, de plus en plus intéressé. S'agit-il de hauts fonctionnaires impériaux ou de maîtres de guerre ?

L'un des commerçants ricana.

– Les gens comme eux n'ont pas besoin de cela pour que l'argent naisse sous leurs pas. Ils possèdent aujourd'hui la moitié des terres d'ici. Leurs propriétés ne s'arrêtent pas au mur de leur parc, elles s'étendent sur toutes les vallées que l'on peut contempler depuis le mont Yi-peng. En voilà qui peuvent bien se dispenser de courir les routes pour gagner leur riz !

– Ou de sortir leur barque par n'importe quel temps, renchérit l'un des pêcheurs. Pourtant, selon la rumeur, l'origine de leur famille ne serait pas si brillante que leur opulence le laisserait croire. On raconte qu'ils descendent d'un humble villageois, le plus pauvre du coin. Il se serait enrichi du jour au lendemain, avec une rapidité qui exclut les moyens honnêtes.

– Pas du tout ! le coupa l'un de leurs compagnons. Tu ne connais pas leur histoire ? Un jour qu'il jetait ses filets sur le lac Tchou-An, le pêcheur prit dans ses rets la dame du lac, une femme superbe, si on glisse sur le fait qu'elle avait une queue de poisson là où les autres ont une paire de jambes. La déesse supplia Tchou de la rejeter dans son cher marécage et de l'y laisser en paix. Tchou fut d'autant plus touché par ses larmes qu'elle pleurait des perles grises comme on en voit rarement. Il la rendit aux vagues et, pour le récompenser, elle lui offrit sa protection, pour lui et pour les siens, aussi longtemps qu'ils vivraient là. Avec l'argent des perles, le pauvre pêcheur acheta le domaine, fit édifier une demeure somptueuse et une pagode brillamment décorée. De génération en génération, ses descendants ne cessèrent d'honorer celle à qui ils devaient leur prospérité. Et ils continuent d'empêcher quiconque de profiter de ces eaux, au détriment des honnêtes gens que nous sommes tous !

Ses camarades soupirèrent en noyant leurs regrets dans le vin de fromage de soja tiédi au bain-marie. Le juge Ti songea que c'était là le charme des campagnes : ce genre de légende courait sur toutes les familles un peu anciennes implantées dans les petites bourgades. Pour peu qu'ils aient réussi à amasser un capital, on prêtait aux seigneurs locaux des accointances avec les divinités de la nature, quand ce n'était pas avec les démons. Voilà pourquoi les paysans restaient, eux, dans la pauvreté ou le dénuement : ils n'avaient pas eu la chance de rencontrer une fée ou n'avaient pas conclu de pacte avec des sorcières, selon qu'ils envisageaient d'un œil plus ou moins favorable l'opulence de leurs voisins. En réalité, le lac devait être protégé des fléaux naturels par sa situation géographique, si bien que la plus riche famille du lieu l'avait choisi pour résidence. Nul besoin de convoquer le ciel, le fleuve et leur aréopage de chimères à queue de poisson.

– Toute médaille a son revers, reprit l'un des pêcheurs. Vous oubliez la fin de la légende. Il est dit que le jour où l'alliance des Tchou et de la déesse sera rompue, celle-ci reprendra ses bienfaits et mettra fin à leur prospérité.

« Le courroux céleste, maintenant ! » songea le juge Ti avec consternation. Il lui était toujours pénible de constater que le confucianisme prôné par les lettrés ne dépassait guère les frontières des administrations et des cénacles érudits. Le petit peuple s'obstinait dans ses superstitions lamentables, mêlant allègrement folklore local, imagination débridée et prédictions farfelues, le tout fondé sur une analyse erronée des vérités universelles. Il n'était tout de même pas nécessaire d'avoir fait dix ans d'études classiques pour savoir que le monde était gouverné par des forces immuables, intemporelles, et non par des demi-carpes en quête d'affection et de courbettes ! « Quand comprendront-ils que la réussite n'est fondée que sur les vertus et le travail ? » se demanda le juge qui, pour sa part, descendait d'un père préfet et d'un grand-père ministre.

Le sergent Hong, qui connaissait son patron depuis l'enfance, avait remarqué son intérêt pour le domaine du lac.

— Ces Tchou sont certainement très considérés dans le pays ? demanda-t-il pour glaner un supplément d'information.

— Oh, dit le représentant d'une guilde de porcelaines, s'ils l'étaient moitié autant que leur orgueil est grand, on leur élèverait des statues ! La famille du lac est très imbue de son rang, en dépit des rumeurs qui circulent sur son origine. Ils sont les premiers à laisser courir ces histoires de mariage avec la déesse-poisson, qui aurait apporté en dot des richesses inépuisables. D'ailleurs, personne ne sait plus s'ils ont pris le nom du lac ou si c'est le contraire.

– Du moins font-ils des dons réguliers aux communautés religieuses, je suppose ?

– Sans doute remplissent-ils leurs devoirs, dit un pêcheur. Mais ils ne nous fréquentent guère, nous, les petits. Ils préfèrent les rives de leur champ de lotus et l'atmosphère délicate de leur palais laqué. On ne les voit en ville que la moitié de l'année. Encore courent-ils se retrancher derrière leurs murs à la moindre alerte. Il en faut moins qu'une épidémie pour qu'ils disparaissent tout à fait pendant des mois !

Ti estima qu'il avait assez entendu de ragots comme cela. Il se leva pour prendre congé.

– Je suis fatigué. Un long trajet m'attend demain pour me rendre à Pou-yang. Mon serviteur et moi devons reprendre des forces.

Les habitués de l'auberge hochèrent la tête d'un air entendu.

– Ménager ses forces est toujours une bonne idée, répondit un représentant en soieries. Quant à reprendre la route demain, n'y comptez guère. La rivière ne se calmera pas avant plusieurs jours, et les routes sont impraticables. Je crains que le magistrat de Pou-yang ne doive se passer de son quatrième archiviste durant quelque temps. Je lui souhaite de prendre son mal en patience.

« Je le lui souhaite aussi », pensa le juge Ti en s'inclinant avant de quitter la salle, Hong Liang sur ses talons.

– Seigneur ! dit ce dernier quand ils furent seuls. Votre Excellence porte-t-elle foi dans le discours de ces gens ? Croyez-vous que nous soyons condamnés à survivre plusieurs jours dans ce bouge dégoûtant ?

Ti resta silencieux, puis répondit avec placidité :
– Je ne crois rien de tel, Hong. Chung-kuei, dieu des Voyageurs, pourvoit à la sûreté du sage et de l'homme de bien. D'ailleurs cette pluie a l'air de s'atténuer un peu.

Le sergent loua cette tranquillité d'esprit que seules pouvaient apporter de longues études littéraires. Il se hâta de disposer des récipients sous les fuites du toit, tandis que son patron, à demi déshabillé, se jurait bien de ne passer en aucun cas plus d'une nuit sur la natte moisie de ce grabat en train de sombrer.

II

Une auberge reçoit une visite macabre ; des vêtements de soie témoignent d'un meurtre.

Le lendemain, en dépit de toute la philosophie déployée par le juge Ti, il pleuvait toujours autant.
— La rivière sera déchaînée, aujourd'hui, prophétisa-t-il, debout à la fenêtre, devant le rideau gris perle qui obscurcissait le ciel.

Le sergent Hong aurait eu l'air plus navré que lui si cela avait été possible.
— À moins qu'une main invisible n'ait détourné les eaux vers je ne sais quel gouffre, répondit-il avec une pointe d'ironie sinistre.

Ils s'habillèrent et descendirent à la salle commune pour se restaurer. Il leur restait tout de même le réconfort d'un *jianjiu jidan*, soupe de jus de riz servie avec des boulettes, ou même d'un *zhou*, bouillie de riz fade mais nutritive, relevée de tofu, de poisson séché et éventuellement de légumes vinaigrés.

— Hélas, mes bons amis ! dit Haricot le Cinquième, les bras au ciel, avec de vrais regrets dans la voix. C'est une catastrophe ! Nos cuisines sont noyées ! Nous ne pourrons rien fournir à nos chers hôtes avant d'avoir tout réinstallé ailleurs !

Il y en avait pour des heures. Les ustensiles étaient trempés, le bois aqueux, le four éteint, et la vaisselle flottait doucement en procession entre les tables.

– Eh bien, répondit le juge, nous attendrons pour déjeuner. Prévenez-nous quand la situation sera rétablie.

– C'est un cataclysme, répéta Haricot le Cinquième en retournant encourager ses gens à dresser des fourneaux de fortune dans les étages. Avoir l'établissement presque plein et ne pouvoir satisfaire les mille petits désirs d'une clientèle aux manches pleines ! Ma maison est maudite !

Il s'efforça de rallumer la lanterne devant les effigies des esprits protecteurs de son commerce, qui erraient bizarrement sur l'étagère de bois où on les avait remisées, comme des naufragés en perdition.

Le juge Ti s'installa dans sa chambre, aussi confortablement qu'il le pouvait, et tâcha d'oublier les réclamations de son estomac par la lecture de quelques rouleaux de bonne littérature qui ne le quittaient jamais, quelle que fût la dureté des épreuves à subir. La moindre n'était pas d'entendre les gargouillis venus du grabat où le sergent Hong cherchait un sommeil improbable.

L'heure du déjeuner apporta une bonne et une mauvaise nouvelle. La bonne, ce fut la délicieuse odeur de beignets huileux et de crêpes fourrées qui vint chatouiller leurs narines alors qu'ils étaient sur le point de se résoudre à tuer un rat pour le faire rôtir sur une lampe à huile. En revanche, l'aubergiste n'avait rien trouvé de mieux que de répartir ses cuisines de secours sur tous les paliers de la maison, y compris le leur ; l'odeur de friture de plus en plus envahissante n'allait pas les lâcher de sitôt.

Après s'être fait servir quelques portions de nourriture, ils contemplèrent la pluie, repus à défaut d'être optimistes. Au bout d'un moment, le juge Ti laissa le sergent Hong ronfler sur sa couche et sortit sur le palier demander une théière pleine. Il n'y avait personne. Il se saisit d'une toile de jute cirée et descendit au rez-de-chaussée. Les évacuations de la cour étaient saturées : le niveau de l'eau montait, à n'en pas douter. Un détail frappa son esprit exercé à remarquer des événements insignifiants : la charrette des comédiens avait disparu. « Fort bien, pensa-t-il. Avec l'inondation qui menace, les villageois se seront cotisés pour faire donner des danses en l'honneur du Bouddha, ou quelque représentation sacrée qui leur change les idées. Avec un peu de chance et de nombreux bâtons d'encens, nous serons bientôt tirés d'affaire. »

Dans la salle commune, le spectacle était plus pitoyable que jamais. Les rats ne quittaient pas le navire : ils l'envahissaient. Les employés de l'auberge pataugeaient. Ils donnaient de grands coups de battoirs pour tenter d'assommer les animaux, qui leur échappaient grâce à une nage frénétique. Les murs résonnaient d'assourdissants « floc, floc ! » et de jurons poussés par des domestiques furieux chaque fois qu'ils manquaient leur cible. Ti Jen-tsié jugea le combat perdu d'avance. Autant faire une offrande au dieu-rat du zodiaque pour obtenir le retrait de ses troupes.

– Peut-on avoir une tasse de thé ? demanda-t-il à travers le tumulte, dans l'indifférence générale.

On ne prit garde à sa présence qu'un bon quart d'heure plus tard, après qu'un valet eut brandi triomphalement par la queue le plus faible de leurs assaillants, dont les frères avaient fini par se replier pour mieux revenir. Un calme relatif régna de nouveau sur la pièce. C'est alors qu'on entendit quelqu'un, ou quelque chose, qui frappait des coups assourdis contre la porte.

– Va donc ouvrir ! cria Haricot le Cinquième à l'une des servantes, en se demandant pourquoi le Ciel lui envoyait cette affluence au moment où il était si peu en mesure d'y répondre.

La femme dégagea avec peine le battant et poussa un cri perçant. Chacun se figea. Les regards se tournèrent vers l'entrée. On s'attendait à voir surgir du néant quelque créature grimaçante, venue quémander un abri contre des éléments devenus odieux aux démons eux-mêmes. Le juge Ti ne vit rien tout d'abord, puis il discerna une espèce de planche grisâtre qui pénétrait lentement dans la salle inondée, avec une légère ondulation due aux remous. Quand la planche fut plus près, il vit qu'elle avait, à une extrémité, ce qui ressemblait fort à des cheveux, et à l'autre une indubitable paire de pieds dont l'un portait encore son soulier. Le corps vint heurter la table sur laquelle était perché le juge. De grands yeux se posèrent sur lui avec une fixité de poisson crevé. La servante émettait à présent de petits cris, bientôt relayés par les lamentations et les prières des autres domestiques.

– Puissant Bouddha, garde-nous de recevoir des défunts pour clientèle ! s'écria Haricot le Cinquième. Quel affreux présage ! Vite, faisons brûler de l'encens !

— C'est la peste ! C'est la peste ! répéta un valet en s'enfuyant.

— Je ne crois pas, répondit le juge.

Le front du cadavre portait une longue estafilade qui faisait plutôt penser à une chute suivie de noyade. Ti retrouva toute son autorité de magistrat.

— Appelez un médecin ! Il constatera le décès et nous en dira la cause. Faites vite !

L'aubergiste dépêcha l'un de ses valets, non sans juger que les petits archivistes de quatrième classe étaient capables de faire preuve d'aplomb, voire d'arrogance, dans un village qui n'était même pas le leur. Ti pria les deux valets les moins effarés de déposer la dépouille au sec sur une table.

— Quelqu'un connaît-il cet homme ? demanda-t-il.

Certains firent signe que non, mais la plupart étaient trop effrayés pour regarder attentivement. Le chignon de l'inconnu s'était défait. À l'aide d'un torchon, le juge repoussa les longs cheveux collés sur le visage. Il surmonta son dégoût pour tenter d'imaginer à quoi le mort avait pu ressembler avant d'être boursouflé et blanchi par son séjour dans l'eau. Il reconnut l'un des convives avec lesquels il avait devisé la veille.

— C'est monsieur Li Pei ! s'exclama une servante. Le représentant en soieries ! Dire qu'il était assis dans cette même salle il n'y a pas la moitié d'un jour ! Lui qui aimait tant mes petits pains *baozi* !

— Quel malheur ! s'écria Haricot le Cinquième en songeant que son hôte avait remis au lendemain de régler sa petite note. Quelle perte irréparable !

Le médecin, homme d'une cinquantaine d'années, accosta à l'auberge à bord d'une minuscule barque à fond plat qui devait lui servir à pêcher la carpe durant ses jours de repos. Il était vêtu d'une belle robe bleue de taoïste avec bonnet assorti, plusieurs disques de jade passés dans sa ceinture, et portait une longue barbe grise divisée en deux avec un soin apprêté. Il vint patauger dans la salle commune, visiblement contrarié qu'on ait trouvé bon de le déranger pour si peu. L'examen du corps ne l'occupa guère plus de trois minutes.

– Eh bien, il est mort, et pour la cause, c'est la noyade, conclut-il en faisant mine de se retirer. Il y en a des tas comme celui-ci, depuis quelque temps.

– Et cette blessure au front ? demanda le juge Ti.

Le médecin jeta un regard agacé au pseudo-archiviste de quatrième rang en se demandant pourquoi on l'ennuyait avec des macchabées lorsque tant de vivants en sursis face à l'épidémie imploraient ses précieux services. Il daigna néanmoins se pencher une seconde fois sur l'objet qui excitait la curiosité malsaine de l'étranger.

– Il se sera blessé en tombant à l'eau. Ou bien un tronc d'arbre dérivant l'aura heurté. Il n'y a rien de mystérieux là-dedans. Au revoir.

Il s'éclipsa, et tous les archivistes du monde n'auraient pu le retenir une minute de plus loin de malades qui, eux, savaient récompenser les peines qu'il prenait pour les visiter dans sa barque à fond plat, poussé par un indécrottable amour de l'humanité et par les traites de sa maison des champs.

« Ce médecin est peut-être apte à soigner les vivants, mais avec les morts, il est nul », songea le juge Ti. L'aubergiste était trop occupé à chercher ce qu'il allait bien pouvoir faire de ce visiteur indésirable pour se demander quel vice poussait le petit archiviste à s'intéresser de si près au cadavre. Avec horreur, il le vit écarter les vêtements du noyé, relever ses manches, ouvrir sa tunique et retrousser son pantalon à la recherche d'on ne savait quoi.

— L'honorable défunt me doit trois nuits et les repas, calcula l'hôtelier en prévoyant que l'archiviste pervers allait bien tomber sur une bourse ou des ligatures de sapèques. Le reste servira pour l'inhumation, ajouta-t-il en pensant qu'il y en aurait toujours assez pour le flanquer dans le premier trou venu.

Bien que pratiquée dans des conditions précaires, l'auscultation permit au juge de découvrir d'autres marques suspectes, notamment à l'arrière de la tête et dans le dos. Par ailleurs, le marchand portait sous son manteau matelassé une tunique de belle soie claire, tachée à la hauteur des plaies. Si le corps avait été endommagé pendant son séjour dans l'eau, celle-ci aurait dilué les saignements qui n'auraient guère maculé la soie.

Un autre détail intriguait le juge. Si le mort s'était noyé, ses poumons se seraient remplis d'eau et le corps n'aurait pas flotté sitôt après le décès.

— Aidez-moi à le relever, ordonna-t-il. Prenez-le par les pieds.

L'aubergiste s'y livra de bonne grâce, croyant que son hôte désirait le secouer pour faire tomber d'éventuelles pièces de monnaie perdues dans les replis des vêtements. L'idée du juge était tout autre. Une fois le cadavre dressé à l'envers, il constata que nulle eau ne sortait de la bouche. L'homme était donc mort avant de tomber dans les flots. Le juge Ti avait acquis suffisamment d'expérience, en assistant aux examens des contrôleurs des décès, pour ne pas confondre un vulgaire accident avec un homicide volontaire. L'absence de symptômes de noyade, les plaies infligées au marchand de son vivant excluaient l'hypothèse d'un malencontreux malaise ou d'une glissade : c'était un assassinat. « Sympathique petite cité, en fin de compte », se dit-il.

– Nous n'arrivons à rien ! protesta Haricot le Cinquième, qui continuait de secouer le corps renversé. Je vous remercie de vos efforts, mais nous faisons chou blanc.

– Je ne le crois pas, répondit le magistrat, pensif.

L'aubergiste le soupçonna d'avoir mis la main sur quelque argent sans se faire remarquer. Il donna des ordres pour que l'on remisât feu son client à l'abri des rats et s'apprêta à monter dans la chambre du défunt faire l'inventaire des biens qu'elle contenait.

– Je vous accompagne, annonça le juge sur un ton sans réplique. Je vous servirai de témoin.

Haricot le Cinquième se demanda qui allait servir de témoin à qui et monta l'escalier en bougonnant sur ses malheurs. Une fois en haut, celui qui ressemblait de moins en moins à un simple archiviste jeta un coup d'œil circulaire à la pièce, aussi chichement meublée que celle qu'il occupait lui-même, tandis que son hôte se jetait sur les sacs abandonnés près du lit. L'aubergiste reporta son attention sur les lots de soie bien enveloppés, dont le représentant se servait pour vanter les productions de ses ateliers. C'étaient vraiment des articles de belle qualité. Le juge avisa un coupon d'un superbe tissu couleur crème, brodé de gros camélias roses, d'un goût parfait pour une dame d'âge mûr de la bonne société.

– Jolis spécimens, dit-il en songeant que l'une de ses épouses n'aurait pas rougi de porter pareille étoffe, même dans la capitale.

Haricot le Cinquième devait être arrivé aux mêmes conclusions, car il se hâta de remballer le modèle et cala le paquet sous son aisselle. Mis à part les échantillons, les bagages du représentant n'offraient pas grand-chose à la sagacité de l'enquêteur. Il avait dû emporter avec lui sa plaquette de rendez-vous, qui sans doute s'était perdue au cours de son dernier bain.

Ti laissa l'aubergiste à sa convoitise et retourna dans ses appartements. Réveillé, le sergent Hong s'efforçait de ranimer le poêle afin de chasser l'humidité envahissante. Son patron lui résuma la curieuse affaire du marchand flottant à laquelle il venait d'être confronté. Hong Liang ne croyait pas au hasard.

– Il est étrange, dit-il, que cet homme soit venu cogner précisément à l'auberge où il avait passé la nuit. Soit il est mort tout près d'ici, soit le flot a pris soin de le raccompagner... ou de vous l'amener, comme si l'eau avait désiré vous faire signe. Peut-être l'esprit du mort a-t-il voulu s'adresser à vous pour obtenir vengeance ? Le cas s'est déjà produit, cela n'aurait rien d'étonnant. Votre Excellence gagnerait peut-être à aller consulter les oracles au temple le plus proche. Sans doute ne sont-ils pas tous inondés.

Le juge Ti songea qu'un témoin du meurtre n'aurait pas fait autrement s'il avait souhaité voir ouvrir une enquête sans oser déposer. Quelqu'un avait-il conduit le corps jusqu'à lui ? Cette hypothèse ne tenait pas : Ti était là incognito. Ou bien était-ce la rivière elle-même qui avait tenu à se disculper d'un décès qu'on voulait lui faire endosser ? Ce séjour était décidément placé sous le signe de l'eau et des coïncidences. Il avait l'impression de plus en plus nette que des déités inconnues cherchaient à influer sur son destin depuis qu'il avait risqué sa vie sur cette jonque fatale.

L'inspection du « noyé » lui avait retourné l'estomac. Il renonça à avaler quoi que ce fût et s'étendit pour méditer. Au bout d'une heure, il ouvrit un œil et constata que le sommeil ou l'ennui qui l'avait saisi était contagieux : Hong Liang ronflait à nouveau à l'autre bout de la pièce, allongé ventre en l'air sur sa natte de jonc. Une petite chose marron s'agitait près de son menton. « Une souris ! se dit le juge. Pourvu qu'il ne se réveille pas ! »

Soit Hong perçut sa pensée, soit l'animal le chatouilla de son pelage : le sergent ouvrit les yeux tout grands, poussa un hurlement et se dressa sur ses pieds pour frotter son visage de ses mains. Puis il chercha à faire payer l'outrage au petit rongeur, qui s'enfuit par une fissure de la porte. Il courut après lui, armé d'une canne, ouvrit le battant... et se trouva nez à nez avec une armée de rats qui grimpait les escaliers à l'assaut des combles. Les eaux avaient encore monté, c'était un sauve-qui-peut général. Hommes et rongeurs devraient désormais se disputer les espaces émergés, et il n'était pas sûr que les premiers obtiendraient la meilleure part.

– Cet établissement est de plus en plus chic, dit le juge Ti sans s'émouvoir outre mesure. Je crois qu'il est temps de nous replier en des lieux moins peuplés.

Il sortit de son écritoire un rouleau de parchemin et rédigea une lettre très aimable, par laquelle il priait les châtelains du lac Tchou-An de vouloir bien recevoir deux voyageurs en détresse qui sollicitaient leur hospitalité. Il signa de son nom et confia la missive au sergent pour qu'il la fasse porter, au prix d'une honnête gratification, par l'un ou l'autre des domestiques.

Plus d'une heure s'était écoulée lorsqu'un homme vint frapper à la porte et rendit sa lettre au juge en lui répétant d'un air désolé la réponse des châtelains : à leur grand regret, il leur était impossible d'accueillir aucun visiteur dans le désordre où se trouvait leur humble maison par suite des intempéries. Ils souhaitaient à l'archiviste meilleure chance dans la poursuite de son voyage.

« Hum », fit le juge. En recevant sa requête, les Tchou avaient dû s'enquérir de la condition du solliciteur auprès du commissionnaire. Le mot « archiviste » n'avait pas dû peser bien lourd dans la balance face à leur petit confort ou à leur faible désir de faire entrer chez eux des étrangers en période d'épidémie. Leur bonne conscience avait besoin d'un surcroît de motivation ; Ti allait s'employer à la leur fournir. Il reprit son écritoire, fit fondre la cire à cacheter, dont il laissa tomber quelques gouttes au bas du même document, et y apposa cette fois son sceau officiel, garant de ses hautes fonctions, dont la seule vue irritait les nantis et inquiétait les gueux. Devant la mention de son nom, il ajouta le caractère indiquant sa dignité de magistrat impérial. Il rendit la lettre au commissionnaire avec quelques sapèques et le renvoya au domaine du lac en lui assurant qu'il n'aurait pas à craindre un nouveau refus. Puis il demanda au sergent Hong de sortir ses oripeaux officiels. S'étant changé, il posa sur sa tête son bonnet noir de lettré et rangea ses affaires.

La réponse mit cette fois beaucoup moins de temps. Ti et son serviteur venaient à peine de boucler leurs bagages quand on frappa deux petits coups à la porte de la chambre. Un homme assez grand, voûté, la mine embarrassée, se tenait sur le palier. Il s'inclina profondément à la vue du magistrat.

– Que Votre Excellence veuille bien pardonner le malentendu qui a égaré mon maître. Je suis le majordome de l'honorable Tchou Tchouo. Il est extrêmement honoré de la faveur que souhaite lui faire Votre Excellence en s'abritant dans sa modeste demeure le temps qu'il plaira à Votre Excellence.

« Voilà une réaction typique des gens bouffis d'orgueil, se dit le juge : se montrer aussi excessifs dans la flatterie qu'ils sont grossiers dans leur mépris. Une attitude de parvenus, de hobereaux, raffinés dans leur extérieur, vulgaires à l'intérieur. Le séjour ne va pas manquer de piquant. »

– Votre maître n'est en rien responsable, répondit-il avec affabilité. J'accepte volontiers son invitation si opportune.

– Nous partirons dès qu'il siéra à Votre Excellence, dit le majordome avec une nouvelle courbette. J'ai là-dehors une barque solide et sûre qui nous conduira à destination sans risque d'accident.

Le juge Ti descendit l'escalier avec dignité, les mains enfouies dans les manches très amples de son bel habit vert à ceinture de soie argentée. Derrière lui venait Hong Liang, muni de l'écritoire et de sa bourse, tandis que les valets suivaient avec les coffres de voyage en cuir contenant vêtements et rouleaux. Haricot le Cinquième resta bouche bée en voyant ce cortège pénétrer dans son réfectoire dévasté. Il ouvrit des yeux ronds à la vue du magistrat, revêtu de l'habit vert et du chapeau de velours noir conformes à l'étiquette. Il n'avait pas reçu depuis des années de personnage si haut placé. Inondation, épidémie, rats, et maintenant un sous-préfet déguisé en archiviste ! Il glissa du tabouret sur lequel il s'était réfugié et chut dans l'eau avec grand bruit et maintes éclaboussures. Le mandarin fit signe au sergent de régler leur dû, et le curieux cortège quitta la gargote inondée pour prendre place sur la barque du château.

C'était une élégante embarcation peinte en rouge, ornée de sculptures représentant dragons et animaux aquatiques, aux bancs garnis de coussins brodés. Une figure de proue en forme de femme-poisson plaçait la navigation sous l'égide de la déesse lacustre. Le petit bateau devait servir à promener sur l'étang les dames du domaine, abritées sous des ombrelles aux couleurs pastel. Une fois les passagers assis, le majordome s'arma d'une perche pour les conduire à travers les rues de la bourgade accablée par les eaux. De tous côtés, des hommes aux jambes nues transbahutaient meubles et ustensiles pour les entreposer au sec. Le flot emportait son lot de menus objets et d'animaux noyés. C'était une vision de catastrophe, de fin du monde, à laquelle les caprices des rivières avaient hélas habitué maints sujets de l'Empire du Milieu. Ici ou là, des travaux titanesques, ordonnés par les empereurs dans leur infinie sagesse, avaient permis de maîtriser les fleuves. Mais, le plus souvent, il fallait composer avec leur cours irrégulier et leurs imprévisibles sautes d'humeur.

— Ce majordome n'est guère économe de ses efforts, murmura le sergent Hong. Voilà deux fois que nous passons par cette rue. Notre rencontre lui aura brouillé la mémoire. Il nous inflige une visite complète !

Le juge Ti émergea de ses pensées pour constater qu'ils mettaient en effet plus de temps qu'il n'aurait cru à sortir de la ville.

— Un problème ? demanda-t-il à leur batelier d'occasion.

— Aucunement, Noble Juge, répondit le majordome de son ton obséquieux. Nous serons bientôt rendus, n'ayez crainte.

Au contraire, il semblait faire tous les détours imaginables pour prolonger leur trajet. Les passagers ne pouvaient s'empêcher de voir qu'il existait des chemins plus courts qu'ils n'empruntaient pas.

— Il n'est guère pressé de retrouver le bercail, commenta le sergent Hong en soufflant sur ses doigts gourds. C'est qu'il prend de l'exercice, lui ! Je me demande si je ne vais pas réclamer de pousser moi-même : au moins, cela me réchaufferait !

Comme le sergent Hong ignorait tout à fait la direction à prendre, ils durent s'en remettre aux méandres imposés par le majordome pour rallier le havre promis. Ce n'est qu'au bout d'une bonne heure qu'ils se présentèrent à un petit pavillon dont une fenêtre s'ouvrait dans ce qui ressemblait à un long mur d'enceinte.

« C'est curieux, songea le juge Ti. Si j'additionne le temps qu'a dû mettre le commissionnaire pour porter ma lettre la seconde fois et celui dont disposait cet homme pour venir nous chercher à l'auberge, le trajet du retour lui prend infiniment trop de temps. Qu'est-ce que cela signifie ? Serait-il fatigué au point de ne plus connaître le chemin de son propre logis ? »

Il en était là de ses réflexions quand deux serviteurs vinrent les aider à quitter leur barque : le domaine courait sur une éminence, on y marchait à pied sec.

— C'est la meilleure nouvelle de la journée, nota le sergent Hong en s'ébrouant pour chasser la froidure.

Un palanquin les attendait pour les conduire au château par une allée qui courait à travers le parc.

III

Le juge Ti trouve refuge dans des lieux plus accueillants ; il fait la connaissance d'une curieuse famille.

Au bout de l'allée, ils découvrirent le château, un ensemble de pavillons aux toits légèrement recourbés, bâtis les uns contre les autres sur une île dont ils occupaient environ un tiers. Tout autour s'étendait un petit lac partiellement recouvert de lotus en boutons. La pluie et le jour déclinant par-delà les nuages ne permirent guère de vérifier si la magnificence de l'endroit était à la hauteur de la description. Les nouveaux venus aperçurent de loin les lampions accrochés sur le perron et tout le long de la promenade couverte qui bordait la façade. C'était, pour autant qu'ils pouvaient en juger, une vaste demeure de plain-pied, légèrement surélevée, à laquelle on accédait, après un harmonieux pont arqué, par une volée de marches entre deux statues de chimères à la patte levée en promesse de prospérité.

Sans doute avait-on guetté leur arrivée, car, lorsqu'ils furent assez près, ils virent que la famille Tchou les attendait en rang d'oignons en haut de l'escalier. Les châtelains joignirent les mains et s'inclinèrent avec un bel ensemble tandis que le maître des lieux souhaitait la bienvenue à un hôte si peu désiré.

– Les mânes de mes ancêtres sont honorés de recevoir un visiteur de votre qualité, Noble Juge, déclara un homme d'assez belle stature, replet, dont la longue barbe noire descendait jusqu'à son nombril. Nous remercions le Ciel qui nous permet de faire connaissance d'un magistrat si prestigieux. J'espère que notre misérable habitation ne sera pas trop indigne de votre illustre personne.

Ti le laissa égrener quelques protestations similaires avant de louer la spontanéité avec laquelle il lui avait offert son toit. Tchou Tchouo toussota et lui présenta le reste de la maisonnée : son épouse, dame Grâce, encore très belle, pour ce que la lueur des lampions laissait deviner de son visage, une fille bien assez grande pour être mariée, mais vêtue en dessous de son âge, comme cela arrivait souvent dans ces vieilles familles, et un gamin dont la mine espiègle faisait présumer qu'il ne devait pas être facile tous les jours. Il y avait aussi une vieille servante, un jeune jardinier-homme à tout faire, et un personnage au crâne rasé, que l'on présenta comme le cuisinier, mais qui devait être un ancien moine trop soucieux des plaisirs de ce monde pour s'enterrer à vie dans un monastère.

– Votre Excellence sera peut-être étonnée de la simplicité de notre train de maison, dit Tchou Tchouo. Nos autres domestiques ont été distribués dans nos domaines pour prévenir tout risque de catastrophe, en ces temps difficiles, et repousser d'éventuels pillards et malandrins. Ici, nous sommes tranquilles, il n'arrive jamais rien. Notre bon intendant Song Lan gère tout avec un soin parfait et répond à nos moindres besoins. C'est le pivot de notre foyer.

L'intéressé s'inclina profondément.

– Nous vivons dans une simplicité propice à la méditation, précisa Tchou Tchouo, en veine de conversation.

– Votre Excellence est certainement impatiente de se reposer de ses fatigues avant de partager notre modeste dîner, le coupa son épouse avec un sourire qui trahissait une pointe d'exaspération.

Ti eut l'impression que les bavardages de son mari l'agaçaient et qu'elle souhaitait mettre fin à ses palabres. Il promit de les rejoindre dès qu'il aurait pris possession de ses appartements et suivit la vieille servante à l'intérieur.

Le château était conçu selon l'habituel quadrillage de pavillons séparés par des cours. On le conduisit dans une aile qui était en surplomb du lac. Des roseaux courbés par le vent entouraient la galerie extérieure. Le logement se composait de deux pièces garnies de gros meubles en bois sombre. On avait allumé les braseros. Dans la chambre principale, une terrasse en céramique supportait un lit à rideaux des plus accueillants. Ti remercia la servante et resta seul avec le sergent Hong, qui aérait leurs vêtements.

– Eh bien, dit Hong Liang, nous aurions dû venir directement ici ! Quelle différence avec le bouge sordide d'où nous sortons ! Ces Tchou sont d'opulents esthètes. Il y a ici plus d'œuvres d'art que dans aucune des résidences officielles que Votre Excellence a eu le bonheur d'occuper ces dix dernières années.

– Certes, répondit le juge. M. Tchou n'a l'air de rien, mais son décor ne manque pas d'éclat. Une telle collection de peintures et de bois précieux n'a pu être réunie que sur plusieurs générations. Ces Tchou sont comme l'arbre dont le tronc solide finit en fragiles branchettes. Quand les racines sont bonnes, tout végétal peut se permettre de donner quelques rameaux débiles. Le plus grand luxe que puissent s'offrir les rejetons de vieilles lignées est de ne pas se montrer à la hauteur du legs.

Ti se reprocha sa dureté. Après tout, ce Tchou avait montré une certaine bonne volonté, l'accueil aurait pu être glacial. Il fallait lui laisser un peu de temps pour faire preuve des qualités qu'il avait sûrement développées, comme tout lettré. Le magistrat se prenait en flagrant délit d'un *a priori* digne des patrons pêcheurs du Héron-Argenté.

Il ne tarda pas à rejoindre ses hôtes. Dès que le jeune jardinier fut venu proposer de le guider à travers le labyrinthe des couloirs, son estomac lui rappela qu'il n'avait guère déjeuné, dégoûté par l'examen du mort flottant. Il convenait d'aller savourer la cuisine raffinée qu'une telle demeure devait offrir.

Tchou Tchouo l'accueillit sur le seuil de la salle à manger, pièce carrée, aux ouvertures obturées par du papier opaque à motifs floraux. Tout le monde s'assit en tailleur autour d'une table basse de forme presque carrée.

– J'espère que Votre Excellence est satisfaite de ses appartements ? Si quelque chose venait à manquer, nous nous ferions une joie de…

Le juge leva la main.

– Je suis enchanté de la courtoisie avec laquelle vous me recevez. Votre demeure est magnifique. Ce sera un bonheur pour moi d'y séjourner quelque temps.

La repartie jeta un froid.

– Elle sera suffisante pour abriter Votre Excellence les deux ou trois jours de sa halte… répondit dame Grâce avec prudence. Vous devez être pressé de reprendre votre route. Un homme de votre dignité a des occupations auxquelles il doit être difficile d'échapper longtemps.

Le juge nota avec quel empressement on le poussait dehors.

– Hélas, répondit-il, je ne sais à quel moment l'état de la rivière me permettra de reprendre mon voyage. Je suis attendu à Pou-yang, mon nouveau poste. Ce contretemps est contrariant.

– Contrariant, certainement, répondirent en chœur M. et Mme Tchou, comme si cela avait été l'exacte expression de leurs pensées depuis ces deux dernières heures.

« On ne peut pas dire que les habitants de Lo-p'ou soient amateurs de distractions inopinées », se dit le magistrat. Il avait rarement vu des gens aussi jaloux de leur train-train. On aurait dit un monastère taoïste dérangé par l'irruption d'une soldatesque venue réquisitionner le sanctuaire pour y parquer sa garnison. Il chercha dans sa mémoire si les natifs de cette région étaient connus pour leur manque de curiosité.

– Par bonheur, reprit-il, la présence providentielle d'un aussi splendide palais adoucira la peine de me voir écarter de mes devoirs.

Les Tchou s'inclinèrent avec gratitude pour un compliment qui semblait ne leur faire ni chaud ni froid. La servante et le jeune homme apportèrent plusieurs plats répartis sur deux plateaux vernis.

– Pardonnez la modestie de ces mets, dit dame Grâce. Nous vivons en quelque sorte comme des ermites, surtout en cette période de l'année. Ne nous en tenez pas rigueur. Vous-même devez être habitué à respecter les préceptes du Bouddha, dont celui de ne jamais manger à satiété.

Le juge Ti acquiesça en se disant qu'il n'y avait là qu'une formule de politesse. Lorsqu'il aperçut trois poissons rachitiques flottant dans un bouillon pâle, il comprit la portée tragique de cette annonce. Il s'agissait moins de simplicité que de pénitence. La purée de pois concassés était collante, la sauce de soja éventée et les légumes secs plutôt racornis. Tout en ingurgitant ce qui, au goût, se révélait aussi triste qu'à la vue, il crut à un plan délibéré pour lui faire regretter les fastes culinaires du Héron-Argenté. Mais les Tchou semblaient sincèrement gourmands de cette cuisine sans intérêt, dont ils se repurent, avec une rapidité de personnes habituées à considérer la nourriture comme une condition obligée de l'existence, ce qui certes était un peu cavalier devant un hôte de marque.

« Ils doivent appartenir à l'une de ces sectes bouddhistes qui font tant de mal à ce pays, se dit le juge en fouillant de ses baguettes le bouillon, à la recherche de quelque chose de solide. On ne dira jamais assez les ravages que font les prédicateurs errants sur les consciences faibles. » Il se souvint du cuisinier au crâne rasé : tout s'expliquait. Le bouddhisme le plus étriqué avait pris possession des cuisines. Il en serait quitte pour faire venir quelques bols de l'auberge, où, au moins, sa qualité à présent révélée, on le servirait comme un client de choix. Confucius ne prônait pas non plus les excès, mais du moins ne poussait-il pas les gens à des privations volontaires moins pieuses que ridicules.

En revanche, le vin d'arak coulait à flots, surtout dans le gosier de maître Tchou. Le juge Ti remarqua son assiduité à faire remplir sa coupe à un rythme de plus en plus soutenu, malgré l'œil réprobateur de son épouse. Le buveur se lança dans un discours passionné sur les qualités des paysages environnants, dont son auditoire fut bientôt soûlé, à défaut de l'être par le vin. « Voilà peut-être la raison pour laquelle ma présence était indésirable, se dit-il. Ce Tchou est un ivrogne invétéré que même le moine affameur n'a pas encore réussi à guérir de son vice, et dont sa famille cache le travers pour ne pas abîmer une réputation déjà bien ébréchée. »

Dame Grâce donna quelques discrets coups d'éventail sur le bras de son mari, qui interrompit brutalement ses descriptions poético-géographiques, si bien qu'un silence gênant tomba sur la salle à manger. Le repas de contrition était fini depuis un moment, mais le juge Ti hésitait à prendre congé si vite. Mme Tchou frappa tout à coup dans ses mains.

– Mes enfants vont vous faire une démonstration de leurs dons musicaux, annonça-t-elle sous l'inspiration d'une bonne idée inespérée.

Le garçon prit une flûte et la jeune fille un luth.

– Nous leur avons fait donner des leçons par les plus grands professeurs, dit fièrement la maîtresse de maison. Nous tenons à cultiver les arts, comme tout dans cette maison en témoigne, vous l'aurez remarqué.

« Calamité ! pensa le juge. Si leur jeu est à l'image de leur cuisine, le pire est à redouter. » Les enfants entamèrent une mélopée que la jeune fille rehaussa de sa jolie voix. Contre toute attente, ils jouaient parfaitement juste. Tout cela était charmant mais recelait un je-ne-sais-quoi de commun que le juge ne put identifier. Cela lui revint tout à coup : il avait déjà entendu cet air sur une place publique, à Han-yuan. Les professeurs dont parlait dame Grâce ne devaient pas avoir été d'une si haute élévation. La pauvre femme s'était fait avoir ; on ne payait guère les précepteurs pour qu'ils enseignent à leurs élèves un répertoire de foire. Mais ce décalage donnait à la scène un côté désuet, c'était le premier événement sympathique de la soirée. Le magistrat, une fois l'air terminé, loua de bon cœur les jeunes artistes, pour le plus grand contentement de son hôtesse, qui fit mine de rougir avec des minauderies de demoiselle.

Son visage se figea soudain en une expression beaucoup plus crispée. Les quatre Tchou regardèrent la porte avec la même tête que les employés de l'auberge lorsqu'ils avaient vu entrer le cadavre flottant. Un petit vieillard chenu à barbe blanche se tenait sur le seuil, appuyé sur une canne. Tchou Tchouo se leva pour courir à sa rencontre.

– Cher père. Comme vous êtes bon de nous faire l'honneur de votre présence, ce soir !

Le vieillard s'assit face au juge, sans un mot.

– Laissez-moi vous présenter mon cher père, Tchou Li-peng. Monsieur Ti est un visiteur éminent qui a daigné s'arrêter chez nous pour attendre la fin des pluies, cria-t-il dans l'oreille du vieillard, chez qui la nouvelle ne provoqua pas le moindre haussement de sourcil.

– Il faut bien que tout le monde meure un jour, finit-il par répondre d'une voix chevrotante.

Les Tchou échangèrent des regards consternés. Mme Tchou se pencha sur le juge.

– Mon vénérable beau-père n'a plus tous ses esprits, lui confia-t-elle, bien que son invité fût déjà parvenu sans son aide à une conclusion similaire. C'est un vieil homme sans malice, mais ses propos manquent de logique. Ne faites pas attention à lui.

– Je suis très honoré, monsieur Tchou, cria le juge.

– La mort est une fin inéluctable, répondit le vieillard, dont les préoccupations tiraient décidément sur le morbide. Mais le repos éternel console de tout.

– C'est bien vrai, cria Ti, tout en pensant malgré lui que la fin du vieillard annoncerait surtout un grand repos pour son entourage. Votre père est un homme d'une puissante sagesse, dit-il à son hôte.

– Oui ! répondit Tchou Tchouo avec un sourire, rassuré de constater que l'excentricité du patriarche n'avait pas trop choqué leur invité. C'est cela, c'est un vieux plein de sagesse !

– D'une sagesse hermétique, mais certainement d'un bon sens précieux par les temps qui courent, reprit le juge.

– On ne meurt qu'une fois, scanda le vieillard, qui se sentait encouragé.

Comme il n'y avait rien à ajouter après une telle sentence, Ti prit congé et se fit raccompagner à ses appartements.

On avait servi à Hong Liang son dîner dans sa chambre. Il n'avait pas été mieux traité que son maître.

— Bien, dit le juge après avoir jeté un coup d'œil aux reliefs de poisson et de légumes bouillis. J'avais cru un instant que ces agapes m'étaient réservées ; je vois que c'est le régime de la maison. La perfection ne saurait être de ce monde.

— Hélas, dit Hong avec un soupir. Chaque fruit a son noyau, et les plus beaux attirent plus de vers que les autres.

Une idée hantait le magistrat. Étrangement, le discours de M. Tchou sur les vertus du paysage local lui rappelait quelque chose, sans qu'il fût capable de définir ce que cela pouvait être.

— Puis-je connaître les projets de Votre Excellence quant à l'affaire du marchand de soie assassiné ? demanda Hong.

Ti répondit qu'en l'état actuel des choses il lui était impossible de signaler ses doutes à l'administration locale. L'inondation et son train de désolations devaient d'ailleurs réquisitionner toutes les forces disponibles. On n'aurait que faire d'ouvrir une enquête sur ces questions annexes, fût-ce pour arrêter le plus grand meurtrier du monde. Le magistrat du district rirait d'un prétendu crime sans preuve ni témoin, commis sur la personne d'un représentant de commerce comme il en disparaissait chaque mois sur les routes de l'Empire.

— C'est bien dommage, dit Hong. D'autant que notre séjour dans ce palais nous éloigne de toute enquête personnelle.

Le juge resta songeur.

– Je n'en suis pas certain. N'as-tu pas remarqué la robe que la belle Mme Tchou portait ce soir ?

Hong n'avait noté que son maquillage excessif, qui trahissait l'angoisse de l'âge mûr, et l'élégance un peu chargée de sa toilette.

– Mme Tchou, précisa le juge, portait une fort jolie robe enveloppante, coupée très précisément à ses mesures et visiblement neuve, dans une soie de première qualité… à motifs de gros camélias roses. Cela ne te rappelle rien ?

C'était ce même tissu dont le marchand transportait des échantillons dans ses bagages.

– Nous irons demain vérifier ce point à l'auberge du Héron-Argenté. Cela nous donnera l'occasion de faire un bon repas.

– Louée soit la clairvoyance toujours en éveil de Votre Excellence ! approuva avec ferveur le sergent Hong.

Le juge Ti lut un long moment, dans le confort douillet de son lit de sybarite, avant de souffler la lampe à huile accrochée au-dessus de lui. Cette première nuit au château s'annonçait sous les meilleurs auspices. Un calme apaisant régnait sur la maison, à peine souligné par le coassement de quelques crapauds, le léger clapotis d'une pluie qui s'était faite plus fine et le bruissement du vent dans la végétation lacustre.

C'est donc avec une surprise mêlée de contrariété que le magistrat se réveilla une heure plus tard pour constater bientôt qu'il lui était impossible de retrouver le sommeil. Son insomnie n'avait cure du décor fastueux et rassurant qui aurait dû favoriser son repos.

Fut-ce l'effet de cette veille forcée, fut-ce sa cause, une inquiétude confuse le tourmentait. Il fut presque soulagé d'entendre des bruits lointains troubler ce silence devenu étouffant. Incapable de rester plus longtemps à se morfondre, il enfila un manteau par-dessus sa robe de nuit et alla mettre le nez dans le couloir en comptant sur la lueur de la lune pour l'éclairer.

Quand il se fut cogné dans quelques-uns des innombrables meubles qui encombraient cette demeure, il retourna dans sa chambre prendre la lumière. Peu après, sa lanterne à la main dans le château endormi, il ressemblait à cet ermite errant légendaire, qui recherchait la sagesse à travers « la bêtise assombrissant le monde visible ». « Belle parabole pour un malheureux juge perdu dans un univers de crime », songeait l'insomniaque au cours de sa promenade dans les salons d'apparat. La comparaison s'appliquait à lui, à ce détail près qu'il ne savait ni ce qu'il cherchait, ni s'il y avait quelque chose à trouver.

Au reste, le château n'était pas aussi endormi que cela. Plusieurs fois, il lui sembla que des portes se refermaient à son approche. Il crut percevoir des bruits de pas sur le toit. Il sortit sur la coursive, mais ne distingua rien d'autre que les silhouettes des acrotères en terre cuite qui se détachaient sur le ciel voilé. Au fil des couloirs, une odeur d'encens de plus en plus nette lui chatouilla les narines. De vagues murmures le guidèrent vers une petite pièce aménagée en chapelle. Agenouillé devant un autel surchargé de statuettes très colorées, de fleurs en papier et de bols remplis de nourriture, dans une atmosphère enfumée par les bougies votives et les cônes d'encens, un gros moine luisant était absorbé en une vibrante litanie. La plus grosse des effigies était une statue dorée de la déesse à queue de poisson, au sourire impénétrable. La faible lumière rouge d'un lampion donnait à la scène un éclairage crépusculaire. Le cuisinier psalmodiait ce que le juge prit tout d'abord pour des soutras. En tendant l'oreille, il s'aperçut qu'il répétait en réalité : « Pardonnez-moi, pardonnez-nous, pardonnez notre très grande témérité », avec la frénésie d'un fidèle qui a commis un crime irrémissible. Cela conforta le juge dans l'idée que ce religieux était un illuminé capable de jeter une famille entière dans des pénitences à la rigidité malvenue hors d'un monastère.

En poursuivant à travers les couloirs sa tournée de reconnaissance nocturne, il eut la certitude d'entendre d'autres pas que les siens traverser certaines pièces, presque sous son nez. Il n'était pas seul à rôder, et son *alter ego* tenait à n'être pas surpris. Le juge constata que la maison était beaucoup plus vivante la nuit que durant la journée.

Alors qu'il parcourait une aile éloignée de la sienne, un nouveau murmure attira son attention. Le vieux Tchou bougonnait dans sa chambre. Le vieillard essayait en vain de sortir en appuyant obstinément sur la poignée. On l'avait mis sous clé. « Je comprends, se dit le juge. Il faut en enfermer quelques-uns, ou toute la maisonnée passera la nuit à se promener dans les corridors ! »

Un bruit de porte se fit entendre sur la promenade couverte. Ti sortit de nouveau, curieux de voir si cette partie de cache-cache allait enfin livrer son secret. De la lumière filtrait d'une des pièces. Un petit trou dans le papier de la fenêtre lui permit d'apercevoir Mlle Tchou, assise sur son lit. Elle n'était pas seule. À côté d'elle se tenait un jeune homme élancé, en qui le juge Ti reconnut bientôt le jardinier du domaine. La jeune fille jugeait apparemment l'heure convenable pour autoriser les visites privées. Les assiduités du jardinier, dont elle ne se défendait guère, ne laissaient aucun doute sur le thème de leur entretien.

« Mlle Tchou ne se contente pas d'apprendre à jouer du luth, se dit le juge. Elle prend des leçons sur la manière de cultiver les pivoines. » Il s'écarta pudiquement de la fenêtre pour ne pas pousser plus loin l'indiscrétion. Mais les sons émanant de la chambre indiquaient assez le sujet de la leçon. L'élève avait d'ailleurs l'air aussi douée que le professeur. La tige de jade avait trouvé son pot. À entendre ce qui lui parvenait de la discussion, le juge Ti estima qu'il avait épousé trois femmes prudes, très éloignées de ces mœurs. Il n'était pas persuadé que ce fût là une façon correcte d'élever les jeunes filles, mais après tout ce n'était pas son affaire.

« Voilà décidément une maison de bonne tenue, se dit-il. J'espère que le futur époux qu'on livrera à cette demoiselle ne sera pas trop regardant sur la pureté de ses plates-bandes. »

Il regagna son lit en méditant sur la dégradation des mœurs dans l'empire des Tang, un phénomène qui touchait à présent les petites villes de province.

IV

Le juge Ti jette un regard nouveau sur la ville de Lo-p'ou ; il reçoit un cadeau de prix.

Lorsqu'il réveilla son maître, le sergent Hong était guilleret à l'idée d'aller déjeuner en ville. La vieille servante apporta du lait de soja et des petits pains fourrés à la pâte de haricot rouge. Ti la pria de prévenir ses hôtes qu'il serait absent une partie de la journée. Il demanda seulement que l'on mette à leur disposition une embarcation légère, pour le cas où la zone serait toujours inondée. La servante répondit que le niveau de l'eau n'avait pas baissé depuis la veille, malgré la diminution des pluies. Le juge endossa des vêtements civils afin de passer aussi inaperçu que possible : il importait d'enquêter avec discrétion tant qu'il n'était pas nécessaire d'user d'autorité. La rouerie du renard était le pendant du rugissement du lion. Il enfila son manteau gris et un bonnet de soie fourré. Le ciel leur faisait la grâce d'une accalmie, ils se hâtèrent d'en profiter.

– Au fait, comment allons-nous y aller ? demanda Hong quand ils atteignirent le portail, situé juste au-dessus de l'inondation.

– C'est simple, répondit son maître : nous allons leur emprunter cette embarcation qui nous attend et tu vas pousser.

L'enthousiasme du sergent fraîchit.

– Ne pourrait-on leur emprunter aussi le majordome, ou ce jeune jardinier solide, là ?

Le juge Ti n'avait aucune envie d'emmener avec eux un domestique qui ne cesserait de les espionner. Hong Liang se résigna à servir de batelier, après avoir servi de portefaix et de femme de chambre.

Tandis que son serviteur les poussait de sa perche en tâchant d'éviter les éclaboussures, le juge, assis au milieu de la barque élégante, réfléchissait et observait, serein comme le Bouddha dérivant au fil de l'eau sur une feuille de lotus.

Au détour d'une rue, ils aperçurent au loin le vieux Tchou, que le majordome conduisait en barque.

– Je vois que c'est jour de sortie, remarqua le juge. Ils aèrent le vieux monsieur sur les eaux après l'avoir chambré. Ils l'entretiennent par la méthode du chaud et du froid alternés.

Comme il l'avait prédit, son marinier improvisé, qui pourtant n'était pas grand maître en cet art, mit beaucoup moins de temps pour les conduire au Héron-Argenté qu'il n'en avait fallu au majordome pour les emmener à la porte du domaine.

La joie de l'aubergiste à les voir revenir chez lui fut presque aussi grande que le soulagement de Hong Liang à voir finir son éprouvant trajet. L'incognito du magistrat avait dû alimenter toutes les conversations de l'établissement depuis son départ pour la demeure du lac. On les traita comme des ministres, avec force courbettes. Pourtant, une idée taraudait leur hôte. À voir ce puissant fonctionnaire si peu entouré, il craignait d'avoir été abusé par un costume d'emprunt, arboré par un audacieux filou. C'était un crime à finir sous la hache, mais l'imagination des escrocs n'était-elle pas sans limites ? Il voyait généralement les juges précédés de huit porteurs d'étendards criant « Place à Son Excellence ! » et de maints serviteurs soutenant leur palanquin officiel aux couleurs de leurs fonctions.

– Votre Excellence me permettra-t-elle de lui demander pour quelle raison elle voyage sans suite, sans sbires, sans femmes ni valets ?

Il fit un pas en arrière, effrayé de sa propre témérité. Ti leva un sourcil. Il condescendit à expliquer que ses épouses suivraient plus tard. Pressé par l'urgence, il avait dû se résoudre à embarquer comme passager sur un petit navire marchand et abandonner sa suite au hasard d'un autre embarquement. Il n'avait conservé auprès de lui que le sergent, « héritier d'une longue lignée de serviteurs dévoués à sa famille ».

Haricot le Cinquième s'inclina devant Hong Liang comme s'il avait été en présence de la famille Ti ressuscitée jusqu'à la huitième génération. « À peine cette bourgade s'habitue-t-elle à la présence d'un magistrat qu'il lui faut tout son train et qu'elle se plaint du manque de décorum ! se dit le juge Ti. Ainsi va l'homme, il se fait si vite aux honneurs qu'il en réclame toujours davantage ! Sous peu, ils s'étonneront de ne pas recevoir la visite de l'empereur et de sa cour ! »

Les deux convives mangèrent de bon appétit leurs gâteaux aux tranches de fromage *yun-pïen-kao* et leur soupe aux huit trésors *pa-pao-t'ang*. En comparaison du régime domanial, tout semblait succulent. Il convenait de se rattraper du dîner de la veille et de prendre de l'avance sur le prochain. Les pièces de cuivre avec lesquelles le juge Ti régla la note achevèrent de détruire les doutes qu'avait pu avoir le restaurateur : un homme qui payait n'avait rien à voir avec un aigrefin. *A contrario*, tous les démunis lui semblaient des vauriens.

À présent qu'il avait repris sa dignité officielle, Ti en profita pour interroger les convives de l'avant-veille, toujours bloqués en ville. Il désira savoir d'où arrivait le représentant de commerce, pour quelle firme il travaillait et quels clients il venait voir. L'entretien fut décevant. On savait que le défunt était originaire de Dei-Pou, mais il serait impossible de joindre la fabrique de soie tant que les transports ne seraient pas rétablis. Quant à ses contacts locaux, ils comprenaient l'ensemble des bourgeois du cru, particulièrement les dames, ce qui constituait une liste de suspects beaucoup trop longue pour le temps de cette halte forcée.

Par la fenêtre, il vit le vieux M. Tchou entrer dans une belle maison, de l'autre côté de la rue. En veine de commérages, l'aubergiste expliqua que c'était la tournée hebdomadaire du vieil homme. Aussi longtemps qu'on pouvait s'en souvenir, rien ne l'avait empêché de l'accomplir, qu'il neige, qu'il gèle, ou que la rivière connaisse sa plus forte crue décennale de mémoire de villageois.

– J'aurais pensé que ce monsieur préférerait rester au chaud dans son palais, par ce temps, remarqua Hong.

— Le bon sens n'est pas le trait le plus marquant de son caractère, répondit Ti. Du reste, à cet âge, ce sont nos habitudes qui nous maintiennent en vie. Au fait, demanda-t-il à leur hôte si coopératif, qu'avez-vous fait des échantillons trouvés dans la chambre du représentant ?

La question parut embarrasser son interlocuteur. Il lui montra quelques paquets, parmi lesquels le juge Ti ne retrouva pas la belle soie crème à motifs de camélias.

— Vous en oubliez un, je crois. Où est-il ?

De plus en plus gêné, Haricot le Cinquième frappa dans ses mains.

— Faites venir Mme You, ordonna-t-il.

On lui répondit que c'était difficile : elle était à ses travaux de couture.

— Qu'elle vienne comme elle est, coupa-t-il sèchement.

Une jeune femme les rejoignit, vêtue d'une jolie robe ornée de camélias brodés, dont les ourlets n'étaient pas terminés. Le juge comprit qu'il allait devoir récupérer son échantillon sur le corps de la cuisinière, qui entretenait apparemment avec son patron des relations suffisamment étroites pour qu'il la gratifiât de petits cadeaux quand l'occasion se présentait. C'était bien, à ce qu'il lui semblait, le même tissu que celui porté par dame Grâce. Ti eut la mansuétude d'abandonner la robe à celle qui s'en était revêtue et lui recommanda d'en prendre soin : elle risquait de devenir sous peu une pièce à conviction. Les joues de celle qui portait la pièce à conviction prirent la couleur des camélias.

— Vous avez la même robe que la belle Mme Tchou, remarqua Ti avec détachement.

Le visage de la cuisinière, aussi flattée que gênée, tourna au rouge pivoine.

Cependant, il n'était guère possible de voir dans la similitude des tissus une preuve formelle d'assassinat : les démarcheurs itinérants étaient la première source d'approvisionnement d'une petite ville. Dix femmes portaient peut-être ici un vêtement de même origine. Le juge se promit d'éclaircir ce point avec sa charmante hôtesse à la première occasion.

Ils sortirent de l'auberge au moment où le vieux Tchou quittait la maison d'en face pour se diriger vers le temple de la Félicité publique, dont les colonnes se dressaient au bout de la rue.

— Ce n'est pas une promenade, nota le juge, c'est une course. Soit ce vieillard recèle des ressources physiques insoupçonnées, soit sa famille a décidé de se débarrasser de lui en lui imposant un entraînement militaire.

Ils se rendirent au port pour voir si un départ prochain pouvait être envisagé. La rivière s'était radoucie, quoiqu'un grand nombre de déchets aient continué leur sinistre défilé de branches et de porcs le ventre en l'air. En revanche, le capitaine de la jonque leur apprit que les avaries provoquées par leur navigation aventureuse n'étaient pas réparées. Il n'en aurait pas été là si le magistrat n'avait usé de son autorité pour le contraindre à cette équipée en plein orage. Ce point établi, il en profita pour lui soutirer quelques subsides, que le juge lâcha au compte-gouttes, partagé entre le devoir, qui l'appelait à Pou-yang, et l'envie de rester pour résoudre l'énigme du cadavre flottant. Il disposait d'au moins deux jours, si tant est que le flot veuille bien se calmer. Dans les deux cas, sa conscience pourrait se satisfaire : il laissa les éléments décider si son enquête irait à son terme.

Le jour faiblissait lorsqu'ils traversèrent la ville en sens inverse. Hong Liang était fatigué de convoyer un maître aussi inerte et pesant qu'une statue en granit. Les oreilles de ce dernier auraient rougi s'il avait pu percevoir les pensées dont on le gratifiait dans son dos. Tout à sa rouspétance, le sergent s'égara vers un faubourg bâti le long de ce qui avait été la berge et qui ressemblait désormais à un triste marécage. Le rez-de-chaussée de ces maisons, particulièrement atteintes par la montée des eaux, avait été abandonné aux annexions de la rivière. On accédait à l'étage par des escaliers en bois prévus dès la construction. Une lanterne allumée en plein jour indiquait qu'ils se trouvaient dans « l'allée des saules », le quartier réservé aux plaisirs de toutes sortes. Il n'y avait guère que trois établissements de rendez-vous, encore étaient-ils de taille modeste. Le sergent Hong s'apprêtait à faire demi-tour quand ils aperçurent une nouvelle fois la barque de M. Tchou. Son majordome somnolait sur la banquette, emmitouflé dans un épais manteau.

– Dois-je en croire mes yeux ? souffla le sergent Hong à l'oreille de son maître.

La porte de l'étage s'ouvrit bientôt et les yeux du sergent Hong ne lui permirent plus de douter : ils virent le majordome se lever en hâte et grimper les marches pour aider le vieillard à rallier l'embarcation. Ce vieil homme à demi impotent sortait indubitablement des bras d'une femme-fleur.

— À son âge ! souffla Hong Liang. Quelle énergie ! Je veux qu'il me présente son médecin !

— Cela ne m'étonne pas, répondit le juge, qui se rappelait les privautés de Mlle Tchou. Dans cette famille, ils commencent tôt et finissent tard.

Par discrétion, ils laissèrent la barque de M. Tchou s'éloigner en direction du domaine. Hong éternua.

— Mon pauvre ami, dit le juge, tu es en train de prendre froid. Il faudrait nous réchauffer un peu avant de repartir. Allons voir cette dame. Ces femmes ont toujours du thé au chaud pour recevoir les clients impromptus. Je crois qu'un entretien s'impose.

Le sergent se méprit sur les intentions de son patron et ouvrit des yeux ronds. Il amarra l'embarcation à l'escalier. Les deux hommes montèrent frapper à la porte de l'étage. Une personne assez forte vint leur ouvrir. Elle avait les sourcils rasés et dessinés en « feuille de laurier » sur le front, portait du rouge sur les joues et sur les lèvres, avait la peau poudrée de blanc et était vêtue d'une robe d'un rose éclatant.

— Un seul à la fois, déclara-t-elle en jaugeant d'un coup d'œil les deux visiteurs. L'autre n'a qu'à attendre dans l'alcôve.

— Nous ne sommes pas venus pour ça, répondit le juge en pénétrant dans le sanctuaire des voluptés. Je suis le sous-préfet de Pou-yang et je viens te poser quelques questions.

La courtisane marqua à peine un temps d'arrêt sous l'effet de la surprise. Elle posa sur eux un regard différent, referma derrière Hong Liang et s'inclina.

– Veuillez pardonner mon erreur. J'avais entendu dire qu'un magistrat était descendu à l'auberge de notre petite ville, mais je ne pensais pas me voir honorer de sa présence. Que puis-je pour Votre Excellence ?

Ils réclamèrent une tasse du thé qu'ils voyaient chauffer sur le poêle et s'installèrent sur les confortables poufs en cuir qui entouraient une jolie table basse laquée de rouge. Dans le fond de la pièce, un grand lit *kang* en céramique chauffé par en dessous attirait les regards. Dès qu'elle les eut servis, leur hôtesse tira les rideaux du *kang* et revint se poster devant le juge pour attendre les questions. C'était, en dépit des préjugés, une femme perspicace, dotée d'une certaine éducation. Le juge Ti, de par ses activités, avait déjà rencontré bon nombre de ses consœurs qui toutes ne faisaient pas preuve de la même docilité. Une vie de honte et de misère en marge de la société engageait peu à l'obéissance et à l'urbanité. Mais, dans une bourgade paisible, où tout le monde se connaissait et cohabitait en bons termes, la situation n'était pas la même que dans les grandes villes livrées à la pègre. Les quatre ou cinq fleurs de plaisir qui vivaient ici faisaient partie du décor comme les échoppes du médecin ou du cordonnier.

Bouton-de-Rose, de son nom de guerre, habitait cette « petite cour des fleurs » depuis trente ans. Et, depuis trente ans, qu'il vente ou qu'il pleuve, Tchou père lui rendait visite avec une régularité de clepsydre. Le vieil homme avait apparemment un penchant pour les femmes enveloppées et un peu vulgaires. Sa bonne amie ressemblait à un bouquet d'été multicolore. « Voilà qui explique le choix qu'il a fait de sa bru, songea le juge. Elle correspond à sa propre inclination. Il a souhaité faire profiter à son fils du même genre d'appas. »

Bien qu'elle ne comprît rien à la curiosité du magistrat pour son plus ancien client, Bouton-de-Rose leur détailla le rituel de la tournée. Tous les huit jours, il déjeunait avec une poignée de vieux amis, allait au temple brûler de l'encens pour sa défunte épouse, s'entretenait avec le bonze, saluait une vieille parente depuis toujours amoureuse de lui, puis il venait ici, « plus pour le bonheur de la conversation que pour autre chose », crut-elle bon de préciser, malgré l'état du lit. Il la voyait la dernière parce que, à cet âge plus encore, la majeure partie du plaisir résidait dans l'attente.

Le juge Ti voulut savoir si M. Tchou lui avait fait part d'un changement récent au château ou si elle avait noté une modification dans son comportement. Après avoir réfléchi un instant, Bouton-de-Rose répondit qu'elle n'avait rien remarqué de particulier. Depuis plusieurs années, Tchou père avait l'habitude de tenir parfois des propos incongrus, auxquels nul ne prenait plus garde. Ti songea que cela devait pimenter d'une étrange façon ce « bonheur de la conversation » dont parlait la femme-fleur. D'après elle, c'était par ailleurs un homme bon et paisible, comme tous ceux de sa lignée, « ce qui comptait davantage que tout autre détail ». Elle nourrissait d'évidence pour son vieux soupirant un tendre sentiment renforcé par l'accoutumance des ans.

Comme les visiteurs prenaient congé, la dame se souvint avoir noté un fait insignifiant : les préoccupations de M. Tchou lui avaient paru très orientées vers les funérailles et le peu de pérennité des choses. Il était courant chez les veufs âgés de se remémorer les deuils et de se croire guettés par le trépas.

– Les malheurs provoqués par la rivière ne l'inclinaient pas à la bonne humeur, conclut-elle.

Les deux hommes remercièrent pour le thé et quittèrent la maison en espérant que personne ne les surprendrait : qui croirait qu'ils venaient de deviser au coin du feu autour d'une tasse de thé ?

Sur le chemin du retour, leur barque passa près d'une pagode à un étage, bâtie sur un plan carré, dont les murs blanchis à la chaux étaient soutenus par des poutres apparentes en bois brun. Le juge pria Hong Liang de l'y amarrer, ce que son sergent fit avec satisfaction, ravi de cette pause providentielle.

À l'intérieur, devant le mur recouvert de lamelles d'inscriptions votives déposées par les fidèles que l'inondation affolait, trônait un cercueil de cérémonie laqué de rouge. Une plaquette indiquait qu'il contenait provisoirement le corps du représentant, dont on avait différé l'inhumation pour cause d'intempéries. Un grand nombre de cônes d'encens se consumaient devant un Bouddha aussi souriant qu'impassible.

– Notre sanctuaire est honoré de votre présence, dit une voix dans leur dos.

Un bonze au crâne rasé, dont la robe orangée dépassait de l'étole noire jetée sur ses épaules, s'était approché sans bruit dans ses sandales de corde. Le juge le salua et en profita pour lui demander s'il avait reçu la visite du vieux M. Tchou cet après-midi-là.

— Le seigneur Tchou est l'un de nos villageois les plus pieux, répondit le bonze, qui recueillait chaque année une part consistante des bénédictions prodiguées à la famille par la déesse du lac. Il est venu, comme d'habitude, prier pour le repos de feu son épouse. Hélas, le pauvre homme perd de plus en plus la tête. Au lieu de la baguette d'encens qu'il allume d'habitude, il a rempli un brûle-parfum entier !

— Peut-être a-t-il voulu honorer l'ensemble des morts des récentes épidémies ? suggéra le juge Ti.

— C'est possible. Mais, lorsque je lui ai parlé, il n'a pas semblé être au courant de la moindre épidémie. Cet homme vit dans un monde à part. Ce qui ne l'empêche pas d'être l'un de nos premiers bienfaiteurs. Il est béni des dieux.

— Ne vient-il jamais en compagnie de sa famille ?

— Rarement, répondit le bonze. Je crois qu'ils profitent de cette sortie pour souffler un peu. Il ne doit pas être facile de le côtoyer tous les jours : ses discours sont hermétiques, comme vous l'avez peut-être constaté.

— Et puis les Tchou ont leur propre chapelain, ajouta le juge Ti.

Le bonze se figea comme à l'apparition du dragon à cornes de cerf et pattes de tigre.

— Plaît-il ?

— Cet homme qui leur sert de cuisinier, reprit le juge. Il s'agit visiblement d'un ancien moine. Vous n'êtes pas au courant ?

Le visage du bonze se ferma comme celui d'une Première épouse apprenant que son mari compte prendre une concubine deux fois moins âgée qu'elle.

– On ne m'en avait pas avisé, dit-il sur un son sec.

Les pensées s'agitaient follement dans son esprit contrarié : le magot annuel attribué par les Tchou risquait d'être écorné si un concurrent s'installait au château. Qu'est-ce que c'était que cette histoire ? La préservation de sa rente l'emporta provisoirement sur la joie de voir les Tchou ménager leur karma. Il se sentit comme un commerçant qui voit ses meilleures pratiques filer chez la concurrence.

La conversation perdit beaucoup de son intérêt. Le bonze répondait comme un demi-sourd, il avait la tête ailleurs. Le juge lui abandonna quelques sapèques pour l'entretien du temple et reprit sa barque en direction du domaine. Ils arrivèrent à temps pour le dîner, sans savoir si c'était une chance ou un malheur.

Après avoir revêtu un vêtement d'intérieur confortable, Ti rejoignit ses hôtes dans la salle à manger.

– J'espère que Votre Excellence ne s'offusquera pas de voir nos enfants prendre leurs repas avec nous, dit son hôtesse. En cette période exceptionnelle, avec cette pénurie de serviteurs, nous sommes contraints de déroger aux règles courantes.

– Cela ne me dérange nullement, ils sont si sages, répondit le juge en songeant que ces pauvres Tchou avaient pour leurs rejetons des faiblesses coupables.

Ils se tenaient fort mal et auraient eu grand besoin, selon lui, de se voir inculquer les bonnes manières à coups de bambou. Il ne put s'empêcher de trouver à Mlle Tchou un certain talent de comédienne. En dépit de ce qu'il avait vu la nuit précédente, elle affectait des mines de frêle jeune fille timide. Le jardinier aida la vieille servante dans le service comme il l'avait fait la veille, et rien dans l'attitude du jeune homme ou de la demoiselle ne pouvait laisser croire qu'ils étaient amants. Dame Grâce nota l'insistance avec laquelle leur invité toisait sa fille.

– Elle est charmante, n'est-ce pas ?

– Vous avez là une fort jolie personne, et bien élevée, qui fera un jour le bonheur de son mari, déclara-t-il avec une pointe d'ironie.

Gonflée d'orgueil, dame Grâce se lança dans un vibrant étalage des qualités morales qu'elle avait su transmettre à sa descendance. « Mais oui, bien sûr », pensa le juge en méditant sur l'aveuglement lamentable des parents. Il ne restait qu'à espérer que ces jeunes gens prenaient les précautions indispensables, ou bien la nécessité d'un mariage pourrait bien devenir urgente.

Le juge Ti s'attendait à se voir infliger la même pitance que la veille. Il se trompait : les performances culinaires du bonze étaient d'une variété inattendue. On leur servit des algues vertes et gluantes qui sentaient le marigot. « On pouvait donc faire pire ! » se dit-il en luttant contre le découragement. Ce moine était doué d'un grand raffinement dans la torture, on aurait pu l'employer au service du tribunal : comme la loi exigeait des aveux avant toute condamnation à mort, on avait toujours besoin de bons bourreaux. Ces plats bizarres auraient représenté une bonne alternative aux pincettes et bastonnades. L'effet de surprise ne constituerait-il pas un appoint intéressant pour l'obtention des aveux ? Le juge Ti aurait admis n'importe quelle faute pour être dispensé d'avaler ces horreurs.

Afin de penser à autre chose, il se concentra sur son enquête et demanda à ses hôtes s'ils avaient eu vent du drame qui s'était produit en ville. À sa grande surprise, ils tombèrent des nues. Leur isolement était si complet que la nouvelle n'était pas parvenue jusqu'à eux, ou du moins le prétendirent-ils.

– Un noyé ? s'étonna Tchou Tchouo. Qui cela peut-il être ?

– Un représentant en soie, répondit le juge en observant discrètement sa réaction.

Le châtelain ne marqua aucune émotion. Dame Grâce, en revanche, laissa tomber ses baguettes. Le juge leur relata l'arrivée du corps dans l'auberge même où le défunt avait passé la nuit.

– Comme c'est curieux ! dit Mlle Tchou. Il aura glissé dans l'eau en faisant la tournée de ses clients.

– Non, non, dit le juge Ti, qui voulait tenter de provoquer un choc. Je suis persuadé qu'il s'agit d'un crime. Tout porte à croire que cet homme a été assommé, achevé, puis poussé dans le courant pour faire croire à un accident.

Les Tchou se raidirent.

– Un meurtre ? Ici ? Dans notre bonne ville ? dit le père de famille.

– Quelle horreur, murmura son épouse tandis que leurs enfants gardaient le nez au ras de leur bol d'algues. Comment est-ce possible ?

– On l'aura assassiné alors qu'il se rendait chez l'un ou chez l'autre, reprit le juge comme si de rien n'était. Au fait, peut-être le connaissiez-vous ? Ses produits étaient de belle qualité.

Soudain très émue, dame Grâce ne répondit rien.
– Il y a tant de colporteurs, dit son mari. Tous viennent frapper à notre porte, attirés par la réputation d'opulence de notre famille. Mais nous n'en recevons plus aucun. Aucun ! répéta-t-il. Nous nous consacrons à la méditation et à la prière !

Le juge Ti eut la conviction que le représentant était bel et bien venu les voir avant sa mort, et que Mme Tchou avait une part de responsabilité dans ce qui était arrivé. Il imagina fort bien le mari surprenant sa femme dans les bras du commerçant, à l'occasion d'un essayage coquin. Peut-être l'avait-il frappé. Il n'aurait pas été difficile de le jeter dans le courant à l'extérieur du domaine : il n'y avait pas loin à aller. Dame Grâce, quoique trop fardée, était tout à fait capable de susciter la concupiscence d'un voyageur de commerce longtemps éloigné de chez lui. Au reste, la pudeur n'était pas la qualité la plus prisée en ce logis.

Mme Tchou ne disait plus mot. Hormis son mari, qui en profitait pour boire comme s'il prévoyait de traverser le désert de Gobi, tous paraissaient déconcertés par cette nouvelle.

L'ambiance n'étant plus au concert, le juge Ti se retira dans ses appartements. Il convenait de réfléchir aux conclusions de son petit éclat. La présence de la robe de dame Grâce attestait peu ou prou que le marchand de soie était passé par chez eux. Mais elle pouvait aussi avoir été achetée lors d'un précédent voyage. Avaient-ils une liaison ? Tchou Tchouo deviendrait alors le premier suspect. Mais cette femme aurait-elle porté la robe de son amant assassiné ? Elle pouvait aussi être restée dans l'ignorance de ce crime. Si Ti voulait incriminer les Tchou, il était indispensable d'accumuler des preuves. Or, quelles traces resterait-il après un ou deux mois d'inondation et les ravages d'une épidémie ?

Des coups frappés à la porte de sa chambre le tirèrent de sa méditation. La servante entra, suivie du jardinier, qui portait un gros emballage de cuir. Il le déposa sur une table tandis que la vieille femme annonçait sur un ton protocolaire :

– Mes maîtres prient l'éminent magistrat Ti Jen-tsié de bien vouloir accepter cet humble présent en souvenir de son séjour chez eux.

Ils s'inclinèrent, mains jointes, et se retirèrent. Resté seul, Ti déplia l'enveloppe de cuir frappé de caractères d'or. Il contenait plusieurs rouleaux qui composaient un recueil de peintures anciennes sur papier, œuvre d'art splendide et infiniment coûteuse. Ce petit cadeau ressemblait fort à une tentative de corruption. On aurait aussi bien pu écrire dessus : « Prenez ce que vous voulez et allez-vous-en ! »

« Après l'huile de ricin, le miel ! » commenta le juge en parcourant d'un œil distrait les jolis paysages monochromes qui illustraient des vers célèbres.

Ils lui avaient abandonné l'un des joyaux de leur bibliothèque. On ne pouvait imaginer manière plus élégante de lui signifier son congé. Voilà qui épiçait encore l'invisible partie de go qu'ils disputaient, eux et lui. Il décida d'accepter provisoirement le présent… et de rester dans ce château pour élucider l'énigme ; c'était là le seul véritable présent qu'il attendait de ses hôtes si généreux.

V

Une statue se met à parler ; le juge Ti découvre une famille encore plus déconcertante.

Cette nuit encore, le juge Ti chercha en vain le sommeil. Les algues verdâtres ne passaient pas. Il opta pour une petite promenade digestive dans les galeries qui entouraient la maison. La nuit était fraîche et vivifiante. Le doux clapotis de l'eau avait quelque chose de reposant. Comme la présence des étoiles laissait penser qu'il ne pleuvrait pas, il descendit les marches du perron pour faire quelques pas sur les allées sablées du jardin. Dans la lumière d'une lune opaque, il discernait les ombres des arbres majestueux doucement agités par le vent. Cette île au milieu du lac recelait une atmosphère magique. On pouvait croire qu'une femme-renarde ou quelque petit démon velu et cornu allait se glisser entre deux buissons aussi naturellement qu'une belette : leur présence n'aurait pas été déplacée dans cet univers à part, dont les liens avec la réalité avaient été coupés depuis des temps lointains. L'île était un navire qui louvoyait entre deux mondes. N'était-ce pas le royaume d'une déesse ? Ceux qui l'habitaient n'en étaient-ils pas davantage les gardiens que les propriétaires ? Le juge Ti sentit qu'il aurait pu, lui aussi, se fondre dans cette ambiance particulière, y laisser sa vie s'écouler, à lire de la poésie dans la bibliothèque, entre les estampes anciennes et les œuvres d'art, sans se préoccuper de la société des hommes, de ses crimes et de ses misères sans fin. À cet instant, il envia sincèrement les Tchou et leur existence placide détachée des règles communes aux autres mortels.

Tout à ses pensées, il atteignit les abords d'une pagode qui s'élevait au bout du parc, en surplomb des roseaux. Elle était à demi cachée par les saules dont les longues branches effleuraient la face de l'eau. Il entendit alors une voix, sans pouvoir saisir ce qu'elle disait. Ces sons doux et chantants étaient ceux d'une femme. S'étant approché, il découvrit, à travers les colonnes rouges du petit édifice, une scène étrange et fascinante. Un homme qui lui tournait le dos se tenait à genoux devant une statue monumentale de la déesse à queue de poisson, dont le revêtement doré scintillait dans la lueur d'une lanterne posée sur le sol.

– M'as-tu bien comprise ? demanda une voix féminine et sépulcrale.

– Oui, puissante déesse, répondit tout bas le majordome, dont l'émotion était perceptible. Je t'obéirai en tout point. Pardonne-moi si je t'ai offensée. Je suis ton serviteur très humble et très fidèle.

Et il frappa trois fois le sol de son front en un *kaotéou* de respect et de soumission. Le juge s'attendit presque à voir bouger les lèvres de la statue lorsque la voix reprit :

– Bien. Puisque tu te montres sage, je vais te récompenser. Tes vœux les plus chers seront exaucés.

Quelque chose de jaune et de lumineux tomba en tournoyant tout autour de l'adorateur agenouillé. Ti réprima un cri de surprise. Une pluie d'or, un nuage doré, descendait du ciel comme une bénédiction visible. Le phénomène se prolongea durant une minute environ. Le juge aurait cru avoir rêvé si le majordome ne s'était tenu au centre d'un dallage parsemé de fines paillettes. La poussière éclatante brillait sur son vêtement, sur ses cheveux, sur ses mains ouvertes.

– Merci, merci ! répéta-t-il en frappant de nouveau le sol avec son front.

Sans prendre la peine de ramasser cette manne, il quitta la pagode, le dos voûté, la tête basse, comme un homme qui vient d'être écrasé par une révélation céleste, sans cesser de murmurer des invocations ou des prières, et disparut entre les arbres.

L'obscurité revenue, Ti resta quelques instants sans pouvoir faire un geste. On y voyait trop mal pour examiner les lieux. Il remit ses recherches au lendemain matin et retourna se coucher, encore moins disposé à trouver le sommeil.

À son réveil, il constata avec déception que la pluie avait repris son interminable litanie.

– Votre Excellence a-t-elle bien dormi ? demanda Hong Liang en écartant les rideaux du lit-cage.

Ti s'étonna lui-même d'avoir réussi à fermer l'œil. La scène de la veille lui revint à l'esprit. Il se demanda si tout cela avait été autre chose qu'un rêve suscité par la pénible digestion d'un dîner aqueux.

Ses nouilles de blé au piment expédiées, il s'habilla chaudement, se munit d'une feuille de papier huilé et retourna à la pagode. Les allées étaient boueuses. Après avoir pataugé au hasard sous l'averse, il retrouva enfin le pavillon votif qui, sous la pluie, avait l'air beaucoup plus sinistre qu'à la lueur de la lune.

Une fois à l'intérieur, il vit que la statue, en revanche, était tout aussi grandiose en plein jour. Elle était à peu près de taille humaine. La peinture dorée donnait parfaitement l'illusion de l'or massif, c'était un très beau travail de statuaire. Les yeux incrustés de jade et de pierres précieuses semblaient vous suivre du regard ; les dents taillées dans un ivoire immaculé étaient dégagées par le sourire de ses lèvres en or rose. Un cordon de corail écarlate liait ses cheveux, qui tombaient sur des seins ronds, et ses mains aux doigts délicats s'ouvraient en un signe de bénédiction d'un côté, offraient une grosse perle argentée de l'autre, symbole de chance et de fortune. Aucun objet, dans la demeure des Tchou, n'approchait la perfection et l'originalité de cette figure. La déesse régnait sur l'île et sur le lac. Elle était l'essence, l'axe et la raison d'être de cette famille. À contempler ce mélange de richesse et de sérénité, on avait l'impression que rien de grave ne pourrait se produire tant qu'elle veillerait sur le domaine, jusqu'au jour de sa propre déchéance, puisque rien n'est éternel en ce monde, même les effigies monumentales des déités au céleste sourire.

Le dallage était impeccable. Soit quelqu'un avait pris la peine de balayer la pluie d'or avec beaucoup de soin, soit celle-ci n'avait existé que dans l'imagination du rêveur. En examinant avec attention les angles de la pièce, Ti eut la satisfaction de découvrir quelques fines traces de poussière dorée, dans une rainure entre deux dalles. La scène avait donc bien eu lieu. Il s'appuya un moment à la rambarde de la pagode pour regarder le lac, que la pluie criblait d'infinies piqûres argentées, sorte de pendant du nuage magique.

De quoi avait-il été le témoin ? Ses fermes convictions confucéennes, si elles ne le cantonnaient pas tout à fait dans un pragmatisme étroit, s'accommodaient mal de la vision d'une femme-poisson répandant des bienfaits tangibles sur un admirateur prosterné. Il examina de plus près la statue. N'était-il pas possible de se glisser à l'intérieur pour lui conférer l'illusion du langage ? Il y avait un interstice entre le fond de la pagode et le dos de l'effigie. Le juge Ti passa la main pour vérifier si elle était creuse ou pleine. Elle ne recelait pas de creux. Il sentit que la surface, au lieu d'être polie comme le côté visible, était rayée, rugueuse. Il retira sa main et constata qu'elle était couverte de poussière dorée. À y regarder de plus près, une autre idée lui vint.

Malgré la pluie, il quitta la pagode à la recherche d'un outil. Ayant trouvé au bord du chemin un bâton fin et solide, il l'introduisit dans l'interstice et frotta le dos de la déesse. De fines particules brillantes tombèrent au sol. La tête lui tourna : la couche d'or était bien plus épaisse qu'une simple feuille. La statue n'était pas peinte. Elle était en or massif. Il était en présence d'une fortune colossale en forme de statue. Ce seul objet représentait de quoi entretenir une famille princière pendant tout un siècle. Ces Tchou étaient infiniment plus riches qu'il ne l'avait imaginé. En fait, ils étaient plus riches que quiconque dans leur contrée ne s'en doutait. La bénédiction de la déesse semblait sans limites.

Lorsqu'il fut revenu de son ébahissement, Ti comprit de quelle manière avait été conçu le phénomène magique. On avait gratté le dos de la statue de la même manière qu'il venait de le faire, mais avec un objet métallique, ce qui avait permis de réunir en peu de temps de quoi opérer ce joli tour de passe-passe. Il avait suffi de jeter petit à petit les paillettes sur le majordome. Le plafond de la pagode était traversé de larges poutres décorées. Un simple système de ficelles avait pu permettre à une seule personne de déclencher le prodige. Un enfant pelotonné sur l'une des poutres pourrait se livrer à cette farce encore plus facilement.

De deux choses l'une : durant cette nuit bizarre, on s'était joué du majordome en exploitant sa crédulité ; mais dans quel but ? Ou bien tout cela n'avait été qu'une mise en scène à son usage à lui, magistrat indiscret, pour lui apprendre à fourrer son nez dans ce qui ne le regardait pas. Au reste, cette conjecture n'était rien au regard du fait que les Tchou étaient assis sur un tas d'or dont ils se servaient peu. Ils vivaient comme si la mémoire de ce trésor s'était perdue au fil des générations. Le vieux M. Tchou était-il devenu sénile avant d'avoir transmis le secret ? Les inondations de Lo-p'ou étaient décidément une source inépuisable d'interrogations et de phénomènes mystérieux.

Un bruit de course dans la boue attira l'attention de l'enquêteur.

– Votre Excellence va attraper la mort ! cria le sergent Hong en accourant sous la pluie, une ombrelle à la main.

– Ne t'inquiète pas, répondit son maître. J'avais emporté de quoi me couvrir.

– Puis-je faire humblement remarquer au seigneur Ti qu'il est à demi trempé ? dit le sergent en pénétrant dans la pagode. Notre hôte demande si vous voulez bien lui faire l'honneur d'un déjeuner en tête à tête. Il vous attend dans sa bibliothèque.

Le juge était fort curieux de voir quels ouvrages avaient été réunis par cette famille en quelques décennies d'oisiveté.

– J'accepte bien volontiers. Ne le faisons pas attendre.

Ils rentrèrent au château, le sergent Hong abritant son maître sous son ombrelle, au risque d'être lui-même fort mouillé.

Bien qu'il eût pris le temps de se changer, Ti pénétra le premier dans la bibliothèque. Boîtes et rouleaux s'entassaient jusqu'au plafond dans des alvéoles laquées de noir. Le plus impressionnant était l'abondante collection de calligraphies, dont l'amoncellement couvrait deux des quatre murs, de haut jusqu'en bas. Ti, bien qu'assez peu versé dans cet art sublime, admira quelques poèmes stylisés avec une subtilité exquise, parfois illustrés d'un oiseau, d'une fleur ou d'une cascade à l'encre noire.

– C'est joli, n'est-ce pas ? dit une voix derrière son dos.

S'il avait pensé que les Tchou vivaient en permanence dans la simplicité qu'il leur avait connue ces derniers jours, Ti aurait été détrompé. Tchou Tchouo portait une magnifique robe de soie ocre, rehaussée de fils d'or, qui n'aurait pas déparé lors d'une cérémonie d'apparat au temple de la Félicité publique. Son hôte devina qu'il avait voulu lui faire honneur, ou l'impressionner. Par ailleurs, une certaine exaltation lui fit supposer que ce lampion vivant avait commencé à arroser le déjeuner sans attendre.

Tchou Tchouo le pria de prendre un coussin, se laissa lui-même tomber sur un autre et lui offrit une coupe de vin de sorgho chauffé à la température du corps dans une théière en métal. Le juge préféra s'en tenir au thé, mais vit que son exemple n'était pas suivi.

La politesse interdisait au donateur de faire allusion au présent qu'il avait fait porter à leur invité, mais elle faisait obligation à ce dernier de mentionner le fait au bout de quelques phrases et de remercier. À la façon dont Tchou Tchouo parlait de la pluie et de son beau jardin, le juge devina qu'il était anxieux de connaître la réponse.

— J'aime infiniment les rouleaux de dessins que vous avez eu la bonté de me faire porter, dit-il. C'est un travail superbe.

Une phrase du type « Je suis indigne d'un tel présent » aurait exprimé un refus inquiétant. Ti ne l'avait pas prononcée, son hôte en fut soulagé.

— Cela vous permettra de vous rappeler avec plaisir votre trop bref passage chez nous, quand vous aurez pris votre poste à Pou-yang. Avec l'aide du Ciel, cela ne saurait tarder.

— Certes, répondit le juge Ti, qui avait fort bien saisi l'allusion. Jamais je n'oublierai les quelques jours, ou quelques décades, pendant lesquels j'aurai goûté les charmes délicieux de votre inestimable hospitalité.

L'expression de Tchou Tchouo se rembrunit. La repartie n'était pas à la hauteur de son attente. Il sembla se demander s'il n'avait pas dépensé en vain le capital accumulé par ses ancêtres ou s'il convenait d'en rajouter une couche.

– Ces estampes sont-elles à votre goût? demanda-t-il avec une amabilité appuyée. Peut-être préférez-vous les bibelots?

Le juge Ti se demanda si, par « bibelots », il entendait les coûteuses statuettes en jade, les céramiques vernissées, les vases de bronze de la dynastie Han, les ravissantes peintures qui décoraient la demeure. Lui suffirait-il de faire son choix, de boucler ses coffres et de s'en aller? Il eut l'intuition qu'on était prêt à faire monter les enchères pour le voir déguerpir et que le prix de son départ n'importait guère. Il resta évasif.

– Le moindre objet de votre collection aurait trop d'éclat pour ma modeste demeure, répondit-il. Le seul véritable trésor à ma portée...

Son interlocuteur tendit l'oreille.

– ... est le plaisir de séjourner chez vous.

Tchou Tchouo s'inclina poliment, bien que ces amabilités fussent loin de faire son compte. Il aurait préféré entendre son hôte annoncer son départ, quitte à remplir sa jonque de céramiques. Il y avait donc encore des choses inaccessibles aux plus fortunés ! Ce magistrat était une plaie. On ne pouvait tout de même pas mettre à la porte un si haut personnage, un sous-préfet, un noble. Cette seule idée le faisait frémir. Il existait dans l'Empire du Milieu un principe impossible à transgresser, malgré le crime, le vol, le mensonge et l'ignominie : c'était le sens des convenances et de la hiérarchie. M. Tchou se demanda combien de temps encore il parviendrait à conserver son calme, à présenter à ce juge des enfers un visage serein de maître de maison chez qui rien de contraire aux lois n'arrivait jamais. Le jardinier et la servante entrèrent, les bras chargés de plats, et remplirent leurs coupes. Cela permit à Tchou Tchouo de vider d'un trait la sienne, qui n'était effectivement pas la première de la matinée.

Le moment était venu, pour l'enquêteur, d'aborder les sujets intéressants.

– Puis-je vous demander d'où votre glorieuse famille tient sa fortune ? dit-il en découvrant des sortes de mollusques tapis au fond du bol posé devant lui.

– Eh bien, dit Tchou Tchouo en se resservant du *xishui* parfumé, précisément, c'est une fortune de famille.

– Oui ? fit le juge.

« Tiens, se dit-il. Ce ne sont pas des mollusques. Encore des algues ? De la salade cuite ? » C'était mou et salé.

– Mes ancêtres ont su gérer leur domaine avec sagesse, reprit Tchou. Ils l'ont accru par d'avantageux mariages successifs.

« Sûrement une sorte de navet bouilli avec quelque épice inconnue, pensa Ti en mâchonnant un minuscule carré à la saveur plus surprenante que désagréable. Ou bien des champignons baveux ? »

– On voit que votre femme est issue d'une des meilleures familles de la région, déclara-t-il sans croire un seul mot de ce qu'il disait.

— En effet ! s'empressa d'acquiescer son commensal. Elle est alliée à toute la noblesse de notre localité, comme l'indique son infinie distinction.

Ils n'avaient pas la même idée de la distinction. Ti était frappé de voir à quel point son interlocuteur restait obstinément à la surface des choses, comme s'il avait fallu à tout prix éviter d'entrer dans les détails, comme si la moindre précision sur ce domaine, sur sa lignée, avait été proscrite. Et puis il buvait comme le dragon aux huit estomacs. Sa femme n'était plus là pour le freiner, c'en devenait embarrassant. Ti s'extasia sur la collection de calligraphies.

— Vous pratiquez sans doute vous-même, dit-il.
— Pas du tout, répondit son hôte. C'était la collection de feu mon aïeul. Moi, je m'intéresse plutôt à la littérature.

Le jardinier arriva tout à coup, essoufflé. Il murmura quelques mots à l'oreille de son maître, qui répondit d'une voix contrariée.

— Envoie Song. Qu'il s'en occupe. C'est de son ressort. Qu'est-ce que j'y peux ?

Une inquiétude passa dans ses yeux. Il sembla se souvenir qu'il n'était pas seul. Après un regard vers le juge Ti, il ajouta sur un ton plus ferme :

— Ne me dérange plus. Va !

Puis, comme si cette interruption l'avait bousculé, il se lança tout à trac dans son activité favorite : le monologue. Il se mit à parler de galopades sur les montagnes, dans une nature féerique et enchanteresse. Ce lyrisme inattendu évoqua vaguement quelque chose au juge Ti, bien qu'il fût incapable de mettre un nom sur cette réminiscence.

Enfin, à l'issue d'une course effrénée sur des collines imaginaires, le cavalier s'absorba en silence dans sa transe poétique. Son menton tomba bientôt sur sa poitrine et son invité constata qu'il dormait. Un ronflement de plus en plus puissant résonna dans la pièce. Le vin avait eu raison de lui. Ti, chez qui les quantités de thé équivalentes qu'il avait absorbées produisaient l'effet inverse, le laissa cuver ses libations et se retira sans bruit.

Alors qu'il regagnait ses appartements, il entendit des bribes d'une conversation polie qui avait lieu sur le perron. Il vit de loin le majordome s'incliner. Le bonze du temple de la Félicité publique fit de même et s'éloigna à petits pas dans l'allée. Ti se hâta après lui.

– Noble Juge ! dit le bonze en se retournant. Voilà au moins une personne dans cette maison qui n'est pas touchée par ces sinistres fièvres !

– Les fièvres ? s'étonna le magistrat.

– Eh bien oui ! J'ai sollicité une entrevue avec maître Tchou, mais on m'a répondu qu'il était alité. Rien de grave, à ce qu'il paraît. En ces temps d'épidémie, il faut être prudent. J'en serai quitte pour revenir.

Le bonze devait être moins inquiet de la santé des Tchou que de la présence d'un concurrent, vrai motif de sa visite. Il était dévoré de curiosité et tenait à savoir de quoi il retournait, quitte à pousser sa barque vers le domaine autant de fois que nécessaire.

– Certes, M. Tchou est un peu souffrant, répondit le juge. Quand je l'ai quitté, il se reposait de ses fatigues.

– C'est bien ce que j'avais compris. S'il s'en remet à n'importe quel moine charlatan pour veiller sur son bien-être, je comprends qu'il se porte mal. J'espère qu'il viendra au temple remercier le Bouddha de sa guérison. Je prierai pour cela. Dites-le-lui. Le majordome Song n'a pas été très coopératif. Je crains que cette maison ne soit tombée dans des excès d'austérité peu salutaires.

Ti était bien d'accord avec lui sur ce point. Le bonze le salua avec une tristesse exagérée et reprit son chemin vers le portail.

Le juge fut surpris qu'on eût osé mentir à un saint homme. Ayant deviné le motif de la visite, Tchou n'avait pas voulu s'expliquer sur sa nouvelle pratique du bouddhisme, une attitude parfaitement compréhensible. L'ascétisme s'accommodait donc du mensonge. Mauvaise cuisine d'un côté, cachotteries de l'autre... À choisir, Ti aurait préféré qu'on lui mente et que les repas soient bons.

Près d'un petit salon dont les larges baies donnaient sur une cour intérieure plantée d'orchidées de différentes tailles et coloris, il vit dame Grâce, plongée dans la contemplation de ses fleurs. Leur arrangement soigné témoignait d'une grande affection pour des plantes aussi belles que fragiles. Ti toussota. Son hôtesse pivota doucement et le salua.

– Votre Excellence me fera-t-elle l'honneur de partager une tasse de thé parfumé ?

Bien que déjà excité par la théière qu'il avait vidée en compagnie de son mari, Ti saisit au vol cette première occasion d'un tête-à-tête avec la maîtresse de maison. Elle semblait mélancolique, voire absente. Il fut frappé par la propension de cette femme à se montrer différente d'un jour sur l'autre. Son caractère n'avait aucune constance. Elle paraissait à présent aussi tranquille, voire éthérée, qu'elle avait pu se montrer commune et exubérante lors des repas.

– Ces fleurs sont magnifiques, dit le magistrat avant de tremper ses lèvres dans un thé vert où l'on avait jeté quelques pétales d'une orchidée bonne pour le foie.

– Elles font ma fierté, répondit Mme Tchou. Leur contemplation me console de tout.

Le juge vit là une allusion au penchant de son mari pour les boissons fortes.

– Elles demandent beaucoup d'entretien, je suppose.

– Oh, oui ! Je m'en occupe avec un soin méticuleux.

Elle se pencha pour respirer une fleur particulièrement compliquée, hélas dénuée de toute fragrance, comme la plupart de ses congénères.

– Elle ne sent rien du tout, confirma Mme Tchou avec une pointe de tristesse.

Ti s'étonna qu'une femme habituée à cultiver les orchidées s'étonnât encore de leur absence de senteur. Dame Grâce s'approcha d'une autre fleur et posa son nez dessus. Le magistrat eut un geste d'alerte.

– Pas trop près ! Celle-ci sécrète une sève toxique.

– Vraiment ? dit Mme Tchou en s'écartant de la plante. Je les trouvais jolies, ces petites têtes blanches.

– Je m'intéresse à la médecine, c'est une passion utile, dans mon métier. Le buisson que vous venez de respirer permet de distiller une potion très efficace contre les maux de cœur. Mais à trop forte dose...

Dame Grâce resta pensive.

— La mort se cache dans mon jardin privé. On croirait le vers d'un poème. Quelqu'un n'a-t-il pas écrit sur ce sujet ?

— Les plus belles fleurs sont souvent les plus vénéneuses, répondit Ti pour faire un mot. Je vous recommande de vous laver les mains après avoir touché celle-ci. On ne saurait être trop prudent.

Il avait l'impression de se donner de fâcheux airs de vieillard moralisateur. Mais, aussi, cette jardinière ne connaissait rien à son passe-temps. Avoir chez soi des essences dangereuses sans le savoir !

— La beauté et la mort ne sont-elles pas deux sœurs jumelles ? dit-elle avec détachement.

Elle tenait à la main son couteau à tailler. Ti remarqua un superbe spécimen tacheté.

— Vous avez très bien réussi la panthère impériale, approuva-t-il.

— Oui, je crois, répondit Mme Tchou.

Cela dit, elle approcha le couteau et coupa négligemment la plus belle fleur de son jardin pour la placer dans ses cheveux. Le juge haussa le sourcil, éberlué. C'était comme si son mari avait raturé sous ses yeux le plus bel exemplaire de sa collection de calligraphies ! Pareille insouciance était miraculeuse ! Encore tout à sa stupéfaction, il s'inclina et se retira.

Deux choses l'avaient frappé : si cette dame aimait autant ses fleurs qu'elle le prétendait, elle n'aurait pas sacrifié la plus rare d'entre elles pour une demi-journée de coquetterie. D'autre part, c'était l'unique tige coupée du massif. Dame Grâce n'avait donc pas l'habitude d'en user ainsi. Il fallait qu'un événement grave se soit produit pour modifier son comportement au point de lui faire détruire ce qui faisait son orgueil. Mme Tchou devait être perturbée. D'où venait ce changement ?

Dans une autre aile de la maison, Ti eut l'oreille attirée par des pépiements. Une grande cage en bambou était dressée au milieu d'une vaste pièce lumineuse. Mlle Tchou était en train de donner des graines aux oiseaux. Elle s'inclina profondément à son approche.

— Me ferez-vous l'honneur ? dit-elle en désignant une théière qui fumait sur une table basse.

C'était la journée du thé. Il se résigna à en prendre une troisième fois en compagnie de Mlle Tchou. Les sujets de conversation avec une jeune fille de la bonne société n'étaient pas légion.

— Quel est l'âge de la jeune demoiselle ? demanda-t-il sur un ton d'aîné bienveillant.

— J'ai seize ans, Noble Juge, répondit-elle en baissant les yeux avec une réserve un peu forcée.

« Elle paraît davantage, songea le juge. Eh bien, voilà une petite fille qu'il faudrait songer à marier bientôt ou elle se fanera comme les orchidées dans les cheveux de sa mère. »

— Parle-t-on de vos fiançailles ?

— Oh, je ne crois pas, répondit-elle avec de nouveaux déploiements de timidité juvénile censés exprimer une éducation de bon aloi. Mes parents ne me parlent pas de ces choses-là. Et je n'ose pas leur demander.

« La petite rouée », se dit le juge. Une longue pratique des interrogatoires au tribunal lui faisait apprécier en connaisseur l'aplomb avec lequel cette péronnelle cachait son jeu.

— Je vous en prie, dit-il en reposant sa tasse. Continuez de nourrir vos oiseaux. Ne vous dérangez pas pour moi.

— Ils sont tellement gentils, dit la jeune fille. Je suis la seule à m'occuper d'eux. Sans moi, ils mourraient de faim et de tristesse.

Le juge Ti avisa un petit cadavre près de la porte grillagée.

— Apparemment, cela leur arrive quand même.

Mlle Tchou ôta de la cage le corps sans vie d'une fauvette.

— Je ne sais pas ce qu'ils ont. Depuis quelque temps, ils ne se portent pas bien. Chaque jour, j'en trouve un mort. Ils dépérissent pour une raison inconnue. Je ne sais pas quoi faire. Vous y connaissez-vous ?

— Hélas non, répondit le juge. Les êtres qu'il m'arrive de mettre en cage ont beaucoup moins de charme. Vous devriez demander à votre mère. Si elle maîtrise aussi bien l'oisellerie que le jardinage, ses efforts devraient faire des merveilles.

Mlle Tchou ne répondit rien. Ti prit congé : le thé lui donnait des palpitations.

Dans le corridor, il faillit se heurter au jardinier. Il eut la conviction que le jeune homme les avait espionnés. Le malheureux garçon faisait figure d'amoureux transi sans espoir de mariage. Il avait certes reçu de substantielles compensations. Se pouvait-il que le représentant en soie ait été l'amant de Mlle Tchou plutôt que celui de sa mère ? Dans ce cas, ce jardinier indiscret faisait un très bon coupable. Le juge rangea l'idée dans un coin de son esprit et se promit de l'étudier ultérieurement.

Après ces innombrables tasses de thé, il éprouva le besoin d'aller respirer à l'air libre et s'en fut marcher dans le parc. À contempler la surface de ce lac avec lequel les Tchou entretenaient des rapports si intrigants, il n'aurait été qu'à moitié surpris d'en voir sortir en pleine lumière la sirène aux cheveux dorés. Tout pouvait être envisagé dans cet endroit atypique.

Un peu plus loin de la demeure, de grands « plaf » attirèrent son attention. Sur une petite plage, il vit le jeune Tchou, armé d'une épuisette, près de bacs flottants où étaient élevées les carpes malingres qu'on leur servait à table.

– Tu t'amuses, mon garçon ?
– Oui, Seigneur Juge.

L'enfant lui expliqua son jeu et l'invita à y participer. Il pêchait les poissons à l'épuisette pour ensuite les rejeter à l'eau. Au moins ce Tchou-là ne lui offrait-il pas une tasse de thé. Ti s'étonna qu'on le laissât tourmenter l'élevage au risque de se noyer. Il eut l'impression que personne ne veillait sur ce gamin. D'ordinaire, l'héritier était au contraire couvé comme le principal trésor de la maison. Il est vrai que cette famille ne veillait guère sur ses trésors.

– Ton grand-père ne joue pas avec toi ? demanda le magistrat en reculant pour n'être pas trop éclaboussé par les efforts enthousiastes du petit pêcheur.

– J'aimerais bien, mais il n'a pas le droit de sortir, cet après-midi. Il doit rester dans sa chambre pour se reposer.

– Ah, oui… Mais il sort quelquefois… quand on lui ouvre la porte.

Il fit à l'enfant un signe de connivence. Le garçon eut un petit rire.

– Il t'arrive de le libérer, n'est-ce pas ? Tu fais enrager tes parents.

– J'aime bien faire sortir le vieux monsieur, avoua-t-il. Je m'ennuie tout seul. Mais j'ai promis de ne plus le faire : ils m'ont dit que, la prochaine fois, je serais battu.

« Voilà au moins une question d'éclaircie », se dit le juge Ti en ébouriffant les cheveux du garçon. Puis il s'éloigna, parce que les éclaboussures menaçaient véritablement sa robe de soie.

Il rentra au château avec lenteur, les mains croisées dans le dos, et dressa le bilan de son après-midi. Il était étonnant de constater à quel point, ici, ce qui était vivant dépérissait. Ce signe d'un déséquilibre vital pouvait indiquer qu'une mort violente s'était produite. Ces orchidées massacrées, ces oiseaux qui s'éteignaient de langueur, ces poissons négligés, les enfants livrés à eux-mêmes, les œuvres d'art distribuées au premier venu, la statue en or grattée sans qu'on s'en inquiétât... Qu'est-ce que c'était que cette maison ? Tout allait à vau-l'eau, comme si rien n'avait plus d'importance, comme si l'espoir était mort, comme si l'avenir n'existait plus. Ce n'était plus une vie à l'écart du monde : c'était une mort lente et acceptée, une décadence consentie. Nul besoin d'inondation pour saper les fondements de ce domaine. À ce train-là, dans quelques mois, il ne resterait plus que des ruines sur le lac Tchou-An.

VI

Le juge Ti fait un rêve ; un nouveau décès survient en ville.

À force de contempler la pluie depuis son lit, le juge Ti avait fini par s'endormir. Il se leva. Quelle heure pouvait-il être ? On n'avait pas osé le réveiller ; avait-il manqué le dîner ? Il vit que quatre plats et une soupe avaient été déposés à son intention dans l'alcôve. Tant mieux. Il était un peu fatigué des repas compassés en compagnie des Tchou. Il trempa ses baguettes dans les mélanges des divers bols, qui ne lui parurent ni meilleurs ni pires que d'habitude ; sans doute commençait-il à s'habituer ; les facultés d'adaptation de l'être humain étaient pour lui une inépuisable source d'émerveillement. Puis il se recoucha avec un rouleau de poésies de la dynastie Sui pioché dans la bibliothèque de son hôte.

Il fit cette nuit-là un rêve. La déesse du lac émettait un chant mélodieux pour attirer les hommes sur ses berges. Quand ils approchaient, elle se changeait en un monstre dont la gueule béante engloutissait les imprudents mélomanes. Le juge Ti s'éveilla en sursaut de son cauchemar. Ce château ne le laissait plus en repos, même dans ses songes ! Il eut l'impression que le curieux téméraire, c'était lui, et que la bête qui l'avalait n'était autre que le mystère impénétrable de cette maison.

Au bout de quelques instants, lorsqu'il eut repris ses esprits et retrouvé son calme, il entendit un bruit à l'extérieur. Il enfila rapidement son manteau, son bonnet, et sortit scruter la nuit sur la promenade couverte. Il ne pleuvait plus. Une légère brume éclairée par la lune qui planait sur le lac lui conférait une atmosphère fantomatique. Ce fut alors que s'éleva la voix enchanteresse de son rêve. Une femme psalmodiait doucement, et ce chant venait de l'eau. Comment était-ce possible ? Qui était assez fou pour s'en aller faire de la barque à une heure si tardive, dans l'humidité glacée, entre les lotus et les grenouilles ?

Une forme perça les volutes de vapeur, d'abord diffuse, puis terriblement nette. La déesse à la peau dorée flottait sur les eaux, ses longs cheveux dissimulant ses seins. Elle était montée sur un poisson géant qui l'emportait doucement. Une myriade de lucioles s'illuminèrent autour d'elle. Ce devaient être les âmes des Tchou défunts qui continuaient à la servir après leur mort. Le juge Ti espéra qu'elle n'allait pas se changer en monstre comme dans son cauchemar, mais rien de tel n'advint. En revanche, un homme descendit bel et bien sur la rive. Le juge devina la silhouette du majordome Song, décidément une proie de prédilection pour la divinité. Sans interrompre sa mélodie, la déesse tendit vers lui une grosse perle argentée, pareille à celle de la pagode. L'ombre masculine se tenait immobile au bord de l'eau, comme hypnotisée par ce spectacle. Enfin, le poisson disparut dans le brouillard, le chant s'atténua jusqu'à devenir imperceptible, peut-être parce que la chanteuse avait rejoint les rivages d'un monde inaccessible aux mortels.

Ti s'inquiéta de ce que faisait le domestique. Il le vit disparaître entre les massifs de camélias. Cette fois, le juge voulut savoir à quoi rimait tout cela. Il courut à sa poursuite, mais Song, habitué aux lacis du parc, le sema, sans peut-être se rendre compte qu'il était suivi.

Le juge s'en retournait vers le château à travers les buissons qui lui griffaient les mains quand un objet brillant attira son regard sur le sol. Il se baissa : c'était un sabot d'or ! Il ne suffisait plus aux Tchou de posséder des statues en or massif, il leur fallait à présent paver leurs allées de ce même métal, en semer dans leur jardin pour voir si cela poussait – et sans doute cela poussait-il effectivement. Cette maison débordait d'or, elle le crachait par tous ses orifices, elle en était intoxiquée.

Incapable de rentrer se coucher, Ti marcha jusqu'à la pagode, son lingot à la main. De nouveau, une ombre fugitive passa dans le lointain. Il voulut partir à sa poursuite, mais dérapa dans la boue et s'étala de tout son long dans la fange poisseuse. Il recommençait à pleuvoir. On n'y voyait plus rien. Le juge gravit les marches du petit temple et s'assit sur le sol, étourdi de ce qu'il avait vu autant que de sa chute. La lune transparut un bref instant entre deux nuages. Un éclat argenté frappa son regard. Il se leva et s'approcha de la statue. La perle d'argent, celle-là même que l'apparition avait promenée sur le lac, reposait à présent entre les doigts de la déesse, comme si l'effigie elle-même était montée sur le poisson géant pour visiter son domaine. À mieux y regarder, Ti vit sur le sol quelques éclats d'or. Il balaya de la main le dallage, à l'aveuglette. Dans sa paume moite s'incrustèrent trois petites paillettes dorées. Il comprit que quelqu'un s'était joué de lui une seconde fois. La perle avait été descellée et replacée : on en avait fait l'accessoire d'une habile représentation. Il en éprouva du soulagement pour sa santé mentale. Pourtant, la magie de la vision l'habitait encore. C'était le spectacle le plus étrange auquel il lui avait été donné d'assister de toute sa vie.

« Jour faste ! » se dit-il au petit matin. On venait de lui servir, en guise de collation, des boulettes de millet glutineux cuites à la vapeur, un mets de la plus pure banalité, que l'on pouvait acheter au coin de n'importe quelle rue. Rien qui bougeât ou qui puât. C'était un prodige. Il se sentit d'excellente humeur, la journée s'annonçait sous les meilleurs auspices. La pêche aux indices serait-elle aussi bonne ?

Le sergent Hong lui annonça que le capitaine de la jonque leur avait envoyé l'un de ses marins : cet homme insatiable réclamait encore des taëls pour ses travaux. L'émissaire attendait devant la maison qu'on eût ponctionné sa proie. La journée n'était pas si prometteuse que cela, en fin de compte.

– Qu'en penses-tu ? demanda le juge. Ils sont en train de rebâtir ce navire à mes frais, non ?

Hong Liang était allé en ville la veille au soir. Il y avait fête à l'auberge. Les marins passaient plus de temps à s'enivrer en galante compagnie qu'à reclouer les planches de leur rafiot. En réalité, l'état de la rivière ne les incitait guère à travailler. Que la jonque fût réparée ou non, il était encore trop tôt pour reprendre la navigation, le départ n'était pas pour demain.

Ti comprit qu'on le prenait pour un niais. Il fit répondre au capitaine qu'il donnerait ce qu'il faudrait une fois les réparations terminées et lorsqu'on s'apprêterait à embarquer. Plus rien pour boire à sa santé, voilà qui allait les motiver davantage que la persistance des crues ! Mais il ne put s'empêcher de regretter sa propre sagesse, qui risquait de l'éloigner de ce château magique et de son secret.

Le reste de la matinée se passa à lire une édition des *Mémoires historiques* de Sima Qian, brillant ouvrage composé sous les Han, et à errer à travers la belle demeure presque vide. Le juge était habitué à être surchargé de travail, entre la gestion de sa sous-préfecture et les rapports de justice à rédiger. Une seule enquête à la fois, c'était pour lui presque de l'oisiveté. Il alla rendre l'ouvrage emprunté la veille, impatient d'en choisir un autre.

Au fil du temps, la maison était de moins en moins bien tenue, tout se délitait. Les fleurs se fanaient dans leurs vases et nul ne s'inquiétait de les changer. Autant dire que les domestiques, qui ne semblaient pas accablés par le labeur en dehors de la préparation des repas calamiteux, ne se souciaient guère de la propreté. Le juge passa un doigt sur les rayonnages : une couche de poussière déjà bien épaisse s'y était déposée. La vieille servante s'empiffrait toute la journée, elle hantait les couloirs en mâchonnant. Le majordome disparaissait, quand il ne rôdait pas dans le parc à faire on ne savait quoi. On pouvait parcourir la demeure sans rencontrer le moine ni le jardinier. Il comprenait à présent comment les Tchou avaient pu si facilement se priver de leurs autres valets. En tant que châtelains, leur nonchalance était incroyable.

Le gong sonna l'heure du déjeuner. Ti soupira et referma son rouleau de papier en se disant qu'une cuiller de miel était toujours suivie d'un bol de vinaigre.

Dame Grâce avait encore changé de personnalité. Ce n'était plus la délicate jardinière au buisson d'orchidées. C'était une matrone trop maquillée, qui portait tous ses bijoux en même temps, à la manière de ces arbres votifs chargés d'offrandes les plus voyantes possible.

– Ne souffrez-vous pas trop de l'humidité ? demanda-t-elle aimablement à son convive.

– La pluie m'offre le plaisir de séjourner chez vous, je l'en remercie chaque jour, répondit le juge sur le même ton.

– Oh, mais elle ne saurait durer, dit Mme Tchou. C'est bientôt la fête de la Perle.

Le magistrat demanda quelle était cette fête dont il n'avait jamais entendu parler. Le père de famille expliqua qu'il s'agissait d'une très ancienne coutume locale. La tradition voulait qu'il fasse beau ce jour-là. Aussi la population attendait-elle cette cérémonie avec impatience, surtout cette année. De toute façon, on partirait en procession sur le fleuve quoi qu'il arrive. Il était impensable de ne pas s'y consacrer, en dépit des humeurs de la rivière. Les barques célébreraient la fertilité du fleuve à travers le symbole de la perle d'argent, et la jonque des Tchou serait comme toujours la plus belle, la plus grosse, la plus ornée. Une perle en pierre peinte serait jetée au milieu de l'eau. Ce geste symbolisait la gratitude des habitants, qui rendaient à la déesse un peu des bontés qu'elle avait eues pour eux tout au long de l'année.

– Jolie coutume, répondit le juge en se demandant si cette histoire de perle avait un rapport avec la scène de la nuit précédente.

– Il n'y aura pas de fête ! dit une voix chevrotante depuis le seuil. Plus jamais de fête ! La perle est flétrie ! La déesse sera furieuse !

À la tête que firent ses hôtes, le juge supposa que le vieux M. Tchou s'était encore échappé de sa chambre. Le majordome apparut sur ses talons. Il se pencha sur le maître de maison pour lui parler à l'oreille, mais le juge Ti entendit ce qu'il lui disait : « Je pense qu'une personne ici s'amuse à lui ouvrir. »

Le jeune Tchou ne levait pas les yeux de son bol de riz. Il ne fallait pas être grand clerc pour deviner à qui s'adressaient ces accusations. Une fois de plus, le garnement avait dû déverrouiller la porte pour céder aux supplications de son aïeul et navrer tous les autres.

À la grande surprise du magistrat, Tchou Tchouo ne put réprimer son irritation. Il s'empourpra et prévint son fils qu'il fallait mettre un terme à ses déplorables facéties. Pour la première fois, il voyait cet homme flasque, au caractère informe, faire preuve d'autorité paternelle. Ti estima que ce n'était pas à bon escient : il louait la compassion du jeune garçon, qui n'avait fait qu'obéir à la volonté de son vénérable grand-père. Quelle idée que de tenir ce vieillard enfermé la plupart du temps pour lui faire ensuite courir les rues ! Comment un enfant pouvait-il comprendre un paradoxe qui échappait même à l'esprit aiguisé d'un magistrat ?

Le repas fini, le juge prit congé. Il n'avait pas encore tourné l'angle du corridor qu'il percevait dans son dos les éclats de voix d'une explication très vive entre les trois générations de Tchou.

Il alla s'allonger un moment dans sa chambre pour rêver, au son du vent qui balayait les ajoncs. Son repos fut de courte durée. Hong Liang vint le prévenir qu'un villageois l'attendait sur le perron : un malheur était survenu en ville.

— Que se passe-t-il encore ? demanda le juge avec mauvaise humeur. Moi qui comptais profiter de cette halte pour me reposer ! Je vais finir par croire qu'il y a davantage de travail pour un sous-préfet dans cette bourgade que dans la grosse ville d'où je viens !

— Le bonze est mort, Noble Juge ! expliqua Hong Liang. On l'a retrouvé noyé dans la cour du temple !

— Passe-moi mon manteau, vite ! répondit son maître, tout à fait réveillé. Je tiens à être l'un des premiers sur les lieux !

Il se rendit en hâte à la porte du domaine où l'attendait une barque et atteignit en peu de temps la pagode de la Félicité publique. Une dizaine de personnes aux mines catastrophées l'attendaient à l'intérieur du sanctuaire. On avait déposé le cadavre en robe orangée sur une table devant l'autel.

— Qu'est-ce que c'est que ça ? Qui s'est permis de déplacer le corps ?

Les villageois expliquèrent qu'ils avaient cru nécessaire à la dignité du défunt de le sortir de l'eau.

— Ne savez-vous pas que c'est formellement interdit par la loi ? Remettez-le immédiatement là où vous l'avez trouvé !

Quatre hommes, suivis par le magistrat, saisirent la dépouille avec répugnance et l'emportèrent en hâte à l'arrière du bâtiment. Arrivés dans la cour intérieure complètement inondée, ils s'arrêtèrent, hésitants.

– Allez ! Où était-il ?
– Ici, dit l'un des villageois.

Le juge fit un signe sans appel. Les quatre hommes laissèrent le corps choir dans l'eau avec un sinistre bruit de plongeon. Il flottait à présent près du dallage, la face contre le sol. Ti jeta un regard circulaire. Comment diable ce bonze avait-il fait pour se noyer dans sa propre cour qu'il connaissait par cœur ? Il emprunta la canne d'un vieillard et la trempa dans l'eau. Celle-ci n'était pas profonde d'une coudée. Autant dire que le religieux s'était noyé dans une bassine. Il fallait être soûl pour parvenir à un si lamentable résultat.

– Votre bonze buvait-il de façon exagérée ?

Les villageois jurèrent qu'il n'en était rien. Le bonze s'en tenait strictement à la digne sobriété exigée par sa fonction. Son seul petit travers était la gourmandise, comme son embonpoint le laissait supposer. Personne ne s'expliquait un si malheureux accident. Il fallait qu'il ait eu un malaise et se soit effondré dans l'eau sans pouvoir se relever.

Le juge fit extraire une seconde fois le cadavre de son bain pour l'examiner. Il n'était pas rouge ou violacé comme après une faiblesse cardiaque. Son crâne ne portait nulle trace de coups ; au moins n'avait-il pas été assommé. On ne l'avait pas non plus étranglé : le cou était net. En revanche, son visage n'exprimait pas la sérénité du bouddhiste qui s'apprête à entamer une nouvelle et brillante étape de son karma. Le dégoût se lisait sur ses traits. Sa mort n'avait pas dû être agréable. Cette grimace fit naître quelques doutes sur la nature du décès.

L'un des villageois s'avança, embarrassé.

– Votre Excellence désire-t-elle voir le médecin ?
– Oui. Qu'on le fasse venir.

En attendant son arrivée, le mandarin examina l'appartement privé du bonze, qui était situé dans une dépendance du petit temple et donnait sur la cour. La table était encore dressée pour le déjeuner. Il nota que le religieux n'avait pas terminé son dernier repas. Certains bols étaient vides, d'autres pleins. Le dîneur s'était levé brusquement pour aller se noyer quelques pas plus loin ! Il n'y avait là aucune logique. S'il avait été endormi et que l'eau fût montée subitement, on aurait pu croire qu'il s'était laissé surprendre ; mais tel n'était pas le cas. Il avait interrompu sa collation pour aller tomber dans l'eau, en contrebas, et se noyer pour ainsi dire dans une tasse de thé. Un suicide ? Provoqué par la peur de voir les Tchou lui supprimer leurs subsides ? Il était un peu tôt pour se laisser aller à un tel désespoir. Le bonze, la dernière fois qu'il l'avait vu, avait davantage l'air agacé, contrarié, que las ou mélancolique. Au contraire, il était déterminé à lutter contre l'intrus avec toute la force de sa foi en la supériorité de la Félicité publique sur les manigances des aventuriers opportunistes.

Le médecin pénétra dans l'arrière-salle du temple. Il arborait un visage beaucoup moins présomptueux que la première fois.

– Votre Excellence m'a fait appeler ? demanda-t-il. Se pourrait-il que ma misérable personne lui soit d'une quelconque utilité ?

Ti désigna le corps inerte et trempé, allongé au bord de l'eau, sur le dallage.

– Je vous prie d'ausculter cet individu. J'aimerais connaître l'heure approximative du décès et sa cause, si cela est dans vos cordes.

Le médecin parut quelque peu déconcerté devant la dépouille du bonze qui gisait à ses pieds, mais il se comporta en homme habitué à contempler des chairs sans vie.

– Très bien, Noble Juge, répondit-il avant d'ouvrir sa trousse à ustensiles.

Ti nota avec satisfaction qu'il se montrait plus respectueux à présent qu'il avait en face de lui un sous-préfet en robe verte et bonnet carré. Finies, les petites remarques acerbes sur les morts qui n'ont pas de quoi s'offrir ses précieux services.

Le médecin fut troublé, lui aussi, par l'aspect du défunt.

– Pour l'heure de la mort, elle est proche, très proche, assura-t-il. À peine une heure ou deux, dirais-je. Ce malheureux n'a guère séjourné dans l'eau plus de quelques minutes. L'élasticité de la peau est normale et l'œil n'est pas abîmé.

Un villageois fit signe qu'il souhaitait dire quelque chose. Le juge l'y engagea.

– Si je peux me permettre, le bonze n'est pas resté seul très longtemps. Le valet de l'auberge lui a apporté son déjeuner, et la servante du temple l'a trouvé comme vous l'avez vu, tout juste une heure après.

– Bien, dit le juge. Et pour la cause du décès ?

– Je l'ignore, avoua le praticien. Ce n'est pas la noyade. Il n'a pas été frappé. Cela ressemble à un malaise pulmonaire ou cérébral.

– Ce religieux était-il suivi par vous pour des troubles de cet ordre ?

– Aucunement, Noble Juge. Il se portait très bien, à ma connaissance. D'ailleurs tous mes patients se portent bien. Seuls mes mauvais confrères ont des patients malades. Les miens me sont reconnaissants d'entretenir leur bonne santé par mes soins vigilants. Si j'avais diagnostiqué ce genre de problème, je l'en aurais guéri, soyez-en sûr. D'ailleurs, si Votre Excellence veut bien me faire l'honneur d'une consultation, j'aurai plaisir à lui confirmer son éclatante vitalité.

Ti leva la main pour couper court à ce discours publicitaire.

– Seriez-vous en mesure d'établir si votre religieux a pu ingurgiter une dose de poison avant son décès ?

Le médecin répondit qu'il allait essayer. Il sortit de son sac une fiole et se mit en devoir d'administrer au mort un lavement buccal pour voir si son appareil digestif contenait quelque chose de visible, comme du sang. Il força le cadavre à avaler le liquide en appuyant sur l'abdomen. Puis il l'assit comme une poupée et le plia en deux pour le faire recracher. Le bonze rendit, non pas des litres d'eau, mais l'exacte quantité qu'on lui avait fait ingurgiter, teintée de rouge, avec des morceaux de nouilles.

Les villageois reculèrent d'un pas. Le médecin s'essuya les mains. Il arborait un sourire satisfait.

– De cette expérience, Noble Juge, nous pouvons déduire deux enseignements. Un : notre homme ne s'est pas noyé, son estomac ne contient pas assez d'eau. Deux : il a ingéré peu avant son décès une substance qui a irrité son appareil digestif au point de provoquer des saignements, ce que la cuisine de notre aubergiste ne peut justifier à elle seule.

– Vous voulez dire qu'il a été empoisonné ?

Le médecin acquiesça du menton.

– Votre sagacité n'a d'égale que votre lucidité, Noble Juge. C'est typiquement ce que nous appelons, dans notre jargon professionnel, un empoisonnement.

– Un meurtre, dans notre petite ville ? dit l'un des villageois d'un air sombre. C'est inquiétant.

– Oui, surtout si c'est le deuxième en peu de jours, insista le juge.

Une expression de surprise se peignit sur les traits du médecin.

– Dois-je comprendre que Votre Excellence soupçonne la mort du représentant en soie de n'être pas non plus accidentelle ?

– Ce nouveau décès me conforterait dans mon opinion s'il en était besoin.

Ti retourna dans le logement du bonze, resta un long moment immobile devant la petite table basse qui l'obsédait et renifla les aliments. Il ne nota rien de suspect, mais certains bols avaient été vidés. De toute évidence, l'assassin, après avoir empoisonné le religieux, par exemple en déposant une offrande de victuailles à son intention, avait escamoté le mets et jeté le corps dans la cour inondée pour faire croire à un malheureux accident.

– Quelqu'un a-t-il vu quelque chose d'inhabituel ? demanda-t-il à la cantonade. Savez-vous si le saint homme devait déjeuner en compagnie, aujourd'hui ?

Personne n'en savait rien, n'avait rien remarqué ni rien vu. « C'est la ville des sourds et des aveugles », se dit le magistrat. L'eau omniprésente avait tout recouvert d'une couche de laine où le tueur se déplaçait sans bruit. On n'avait d'yeux que pour le niveau de la rivière. Ces gens auraient laissé leurs femmes se faire éventrer dans la pièce voisine sans s'en rendre compte.

Après avoir pris congé du médecin, Ti rentra au château en méditant sur ce nouveau meurtre. Pouvait-on considérer le moine-cuisinier comme un suspect possible ? Voilà que ses interrogations le ramenaient une fois encore à la maison des Tchou ! La mort rôdait en ce jardin, elle s'était établie dans les allées, elle récoltait aux abords du beau domaine vénéneux, Ti fut persuadé de loger dans son antre.

Le meurtre du bonze avait-il un lien avec la visite qu'il avait faite la veille ? Se pouvait-il que le moine employé aux cuisines, soucieux de conserver une place gratifiante, ait expédié son concurrent vers sa prochaine réincarnation ? Il en avait à la fois le mobile et le moyen. Le religieux avait-il découvert quelque secret quant à l'origine, au passé du prédicateur itinérant ? Il convenait d'avoir au plus vite une conversation privée avec ce dernier.

Le gros bouddhiste était précisément dans son royaume, occupé à assommer les anguilles du dîner, au vif dégoût de son visiteur. Ce n'était pas que l'anguille lui répugnât en tant que nourriture, mais, à les voir tuées, l'appétit déclinait. « Eh bien, elle ne va pas être facile, ma digestion », se dit le juge. Il complimenta le cuisinier, que son propre régime végétarien n'empêchait pas d'accommoder les bestioles les plus coriaces.

– J'ai tenu à venir vous féliciter pour les efforts d'imagination que vous déployez dans la confection de nos repas. Vous nous préparez de l'anguille fumée, je vois ?

– Non, répondit le moine sans cesser de taper sur ses poissons : marinée dans du vinaigre, avec du miel et une bonne lampée d'alcool. C'est plus fin.

Ti réprima un haut-le-cœur et reprit le cours de ses assauts diplomatiques.

– Votre tâche ne doit pas être commode, avec cette inondation.

– Oh, je fais comme d'habitude. Les maîtres ont des goûts simples. Ils ne sont pas amateurs de plats compliqués.

Le juge approuva avec gravité.

– Comment se fait-il qu'un ascète de votre dignité ne se soit pas retiré dans une communauté d'un haut prestige ? demanda-t-il.

Saveur de Paradis expliqua qu'il avait quitté le monastère pour prêcher la bonne parole sur les routes. Il avait vécu de la charité, s'attachant à qui voulait de lui, pour aboutir, par un miracle de la providence, dans cette famille admirable chez laquelle il s'employait depuis plusieurs mois.

Ti supposa que sa communauté l'avait fichu dehors pour quelque faute inavouable. Il lui posa la question qui lui brûlait les lèvres :

– Puis-je vous demander si le type de cuisine que vous avez la bonté de nous prodiguer relève de la pratique religieuse ?

Saveur de Paradis répondit avec une once de fierté que, point du tout, il avait toujours mangé comme cela ; et là d'où il venait, on trouvait ça très bon. Il vit dans cette réussite la raison de cette insistance du juge à évoquer ses prouesses ; mais quant à lui extorquer ses petits secrets, on pouvait toujours courir.

Ti supputa un malentendu. Les Tchou avaient dû croire que ces repas constituaient une sorte d'épreuve nécessaire.

– Envisagez-vous de reprendre la route ? s'enquit-il avec un faible espoir.

– Oh, non ! s'exclama le moine. Si Bouddha le permet, je resterai chez ces braves gens tant qu'ils apprécieront ma présence.

Il n'avait pas l'air pressé de retrouver son exaltante vie d'errance et de mendicité. Nombre de moines itinérants prétendaient avoir choisi cette existence pénible par contrition, alors qu'ils s'étaient tout bonnement fait chasser du monastère pour indiscipline ou pour d'autres vices, dont la forfanterie n'était pas le moins répandu. Le juge insista.

– Mais si les circonstances faisaient qu'ils décidaient de se passer de vos services ?

« Par exemple s'ils décidaient de manger des mets de qualité », pensa-t-il.

Le bonze répondit avec une pointe de désagrément que le Bouddha enseignait la résignation : il avait été pauvre, il saurait l'être de nouveau.

Cela sentait son discours convenu. On lisait sur son visage qu'il ne croyait pas courir un grand risque. Vissé à sa table de cuisine, il avait la tête d'un moine certain d'être tiré d'affaire pour le reste de ses jours. Le décès survenu à la pagode avait-il un rapport avec cette certitude ?

– Savez-vous que le sage du temple de la Félicité publique vient d'être assassiné ? demanda le magistrat comme s'il lui demandait la couleur du ciel.

Saveur de Paradis poussa un cri, lâcha ses anguilles, renversa un tabouret et tomba sur les fesses.

– Votre Excellence se moque d'un pauvre moine inculte et naïf ! Ce n'est pas bien !

– Vous l'ignoriez, apparemment, dit le juge, qui lui voyait sa première expression franche depuis le début de l'entretien.

– Est-ce vrai ? Un saint homme assassiné ? La déchéance de ce monde est sans limites ! J'ai parcouru à pied la moitié de cet empire, j'ai été rançonné par des voleurs, jamais on n'a osé attenter à mes jours ! Des coups, oui, ça aide à la contrition, j'en ai rendu, aussi. Mais un meurtre !

– C'est peut-être que vous n'aviez aucun secret à protéger, insinua son interlocuteur.

Le religieux ouvrit de grands yeux. Il scruta un moment le visage du mandarin. Comme celui-ci ne disait plus rien, le moine reprit haleine. Il semblait très affecté.

– Ceux qui ont commis cette infamie se réincarneront en cloportes ! rugit-il. Leur karma est gâché pour leurs vingt prochaines existences ! Je crache sur eux !

Et il cracha par terre, ce qui n'était pas gracieux dans une cuisine. Ti en conçut quelque inquiétude quant à la propreté de leur cuistot. En quittant la pièce, il trouva dans le corridor la famille Tchou au grand complet, attirée par les couinements de son cuisinier.

– Est-il exact qu'il s'est produit un drame ? demanda le maître de maison.

Le juge les informa du meurtre en deux mots. À cette nouvelle, les Tchou firent grise mine. « Il est donc possible d'entamer leur détachement », se dit leur invité. L'ermitage se fissurait.

VII

Le vieux Tchou fait des siennes ; sa petite-fille propose au juge Ti un marché inattendu.

En passant dans le couloir qui desservait l'appartement de l'aîné des Tchou, Ti vit avec étonnement la porte grande ouverte. C'était la première fois. La curiosité le poussa à entrer. « Après tout, ce monsieur a peut-être eu un malaise », se dit-il pour justifier son indiscrétion.

La pièce était couverte de silhouettes morbides tracées sur les murs avec du charbon. Le vieil homme, qui possédait un don macabre pour le dessin, avait imaginé des formes de démons griffus et de spectres blafards.

Comme cela se produit en général quand on visite un lieu interdit, il fut dérangé par l'arrivée d'un gêneur en la personne de l'accorte Mlle Tchou.

– Où est-il ? demanda-t-elle avec un regard circulaire. Où ce vieux fou est-il encore passé ?

– Je crains fort que votre honorable grand-père n'ait pris la clé des champs sans demander la permission, répondit le magistrat.

Cette nouvelle parut la contrarier beaucoup. Elle s'agita de façon fébrile, ouvrit deux ou trois portes, si bien qu'elle arriva à la même conclusion que Ti.

– C'est une catastrophe ! Je dois prévenir mes parents !

Elle disparut dans le corridor en clamant : « Le vieux s'est échappé ! »

La nouvelle provoqua chez les Tchou un affolement indiscutable. « Ils ne sont pas habitués aux mauvaises nouvelles », pensa le juge. Il entra dans la grande salle au moment où le jeune garçon recevait une gifle de son père.

– Il faut prévenir Song ! dit dame Grâce.

– Surtout pas ! s'écria son mari.

Constatant la présence du juge, il s'adressa à lui.

– Notre majordome aime tellement mon père ! Il s'inquiéterait trop. Mon cher géniteur est certainement en train de prendre l'air dans le parc. Nous n'avons qu'à marcher à sa rencontre.

Ils s'en allèrent comme un seul homme fouiller les buissons. Ti se demanda s'ils craignaient de retrouver le corps dans une mare, comme celui du représentant en soie ou celui du bonze. Se pouvait-il que le vieil homme ait été victime de cette ombre qui guettait les promeneurs solitaires pour les flanquer à l'eau ? Il semblait bien inoffensif, en dépit de ses vaticinations pathétiques.

– Si vous le permettez, leur cria Ti, je vais chercher de mon côté. Peut-être est-il en ville. J'ai mon idée.

– Oui, c'est cela, faites donc ! répondit son hôte. Vous êtes bien aimable. Faites-nous prévenir si vous le voyez. Nous enverrons quelqu'un.

Ils passaient de l'affolement à la nonchalance avec une rapidité déconcertante.

Grâce à un regard de chien battu très étudié, Hong Liang fit comprendre à son maître qu'il était fatigué, aussi le jardinier fut-il requis à sa place pour pousser la barque. Le jeune homme vit le magistrat s'installer sur la banquette du passager pour se faire conduire au temple, de la même manière qu'on indique sa direction aux porteurs d'un palanquin.

Au sanctuaire de la Félicité publique, le corps du bonze était exposé entre deux grands porte-encens, sous l'œil d'un bouddha de bois au sourire craquelé. Il n'y avait là que trois femmes en prière, point de vieillard indigne. Ti appliqua son plan de secours. Il ordonna au jardinier de le conduire dans le quartier des saules, si bien que son convoyeur conserva tout au long du chemin un sourire plein de sous-entendus graveleux.

La femme-fleur était chez elle.

– Votre Excellence s'est décidée finalement ! dit Bouton-de-Rose en lui ouvrant sa porte. Vous avez raison : je fais des prix aux fonctionnaires.

Le juge Ti lui assura qu'il aurait été honoré de compter au nombre de ses admirateurs, même à plein tarif, mais qu'il n'en avait pas le temps. Pour l'heure, seul un renseignement motivait sa visite. Un simple coup d'œil lui suffit pour constater qu'il faisait encore fausse route. La dame lui affirma n'avoir pas vu son fidèle client ce jour-là. En revanche, elle lui donna l'adresse de l'éternelle amoureuse chez qui M. Tchou se rendait chaque fois, juste avant de passer chez elle, « les plats amers précédant toujours les douceurs ».

Le magistrat la remercia et se hâta de s'en aller avant qu'elle ne lui fasse promettre de revenir bientôt pour un entretien plus intime à rabais consenti. « Bonne commerçante », pensa-t-il en reprenant place dans sa barque, devant un jardinier étonné qu'il ait conclu si tôt sa petite affaire.

À l'adresse indiquée, Ti eut la surprise d'être reçu par une nonne au crâne rasé. Elle portait la tunique et le pantalon gris sombre habituels aux religieuses qui vivaient dans le monde. Il crut s'être trompé de logis et s'apprêtait à s'excuser, mais demanda quand même si M. Tchou était là.

— Mais oui, il est bien ici, répondit la nonne. Qui le réclame ?

Le juge tira de sa manche une carte de visite sur papier rouge, tout en précisant qu'il était là à la demande de la famille, soucieuse de récupérer son cher fuyard. La nonne avoua qu'elle avait été elle-même surprise de le voir arriver. Charmée, aussi : elle rougit légèrement en ajoutant qu'elle avait vu dans cette visite inopinée le signe d'un retour de flamme. Pour l'heure, il se reposait dans le lit fermé. Cette sortie inhabituelle l'avait d'autant plus fatigué qu'il avait dû pousser sa barque tout seul.

La nonne se présenta comme une cousine éloignée des Tchou. Dans leur jeunesse, ils avaient été promis l'un à l'autre. Hélas, pour d'obscures raisons, le projet n'était pas inscrit au ciel, il s'était marié de son côté et elle était restée fille. Au bout de quelques années de célibat, il lui avait paru plus décent de prendre l'habit. Une femme seule qui n'était ni à marier, ni épouse, ni veuve, n'avait guère de statut social. Devenu veuf, M. Tchou s'était rapproché d'elle. « En tout bien tout honneur », prit-elle soin de préciser, bien que le juge n'en ait pas douté un instant. Il connaissait les habitudes et les goûts du vieil homme en matière de gaudriole ; ils étaient fort éloignés d'une éventuelle propension à lutiner des nonnes desséchées, recluses dans leurs regrets et dans la nostalgie d'événements non avenus.

Elle avait constaté, en recueillant son vieil ami, qu'il était complètement égaré. Le pauvre était à la recherche de sa famille !

– À la recherche de ses parents ? demanda le juge Ti. Souvent, quand les vieilles personnes perdent la tête, elles s'étonnent que leurs père et mère défunts, ou même leurs grands-parents, ne soient plus dans la maison.

– Non, non, : il réclamait son fils, sa bru et ses petits-enfants, comme s'il ne les avait plus vus depuis des jours ! Vous imaginez mon désarroi !

– Il a perdu le peu d'esprit qui lui restait, conclut le juge. Il a déjeuné avec eux aujourd'hui même, j'étais là !

– Quelle tristesse, dit la nonne. Il n'y a pas si longtemps, il faisait encore preuve de beaucoup d'esprit. C'était un homme intelligent, perspicace et plutôt gai. Je vais me sentir bien seule quand il ne me reconnaîtra plus.

– On papote derrière mon dos ? lança le vieillard en émergeant du *kang*. On me laisse seul et on complote !

Ti se leva pour le saluer. Il convenait de l'orienter vers le château. Il lui prit doucement la main.

— Ne vous inquiétez pas, vénérable Tchou. Je vous emmène rejoindre votre fils et votre belle-fille qui vous attendent avec impatience.

Le vieil homme retira sa main comme s'il l'avait posée sur une araignée.

— Assassin ! dit-il. Vous ne m'aurez pas si facilement !

— Voyons, Gai Rossignol ! dit la nonne d'une voix indignée. Son Excellence s'est déplacée en personne pour t'accompagner ! Montre-lui du respect, je t'en conjure.

— Je savais bien que j'aurais dû aller voir Bouton-de-Rose, dit le vieil homme. Elle ne m'aurait pas livré, elle.

Le visage de la nonne se décomposa.

— Qui est cette Bouton-de-Rose ? Non, ne réponds pas, je préfère ne pas le savoir. Va-t'en, maintenant. Tu ne mérites pas l'affection qu'on a pour toi !

— Bigote imbécile ! Traîtresse ! lui lança le vieillard en se dirigeant vers la porte. On ne peut plus faire confiance à personne !

Ti se dit que Gai Rossignol reprenait ses esprits sur certains sujets, bien qu'il les ait tout à fait perdus sur d'autres.

— Allons ! Au cercueil ! dit le vieux polisson en se laissant installer dans la barque. Vous aurez ma mort sur la conscience, vous.

Le juge salua la nonne glacée et fit signe au jardinier de ramer sans tarder. M. Tchou ne dit plus un mot de tout le trajet, figé dans un reproche muet.

— Puis-je me permettre de vous poser une question, dit le juge, assis en face de lui, comme ils approchaient du portail.

Le vieil homme ne répondit pas.

— Pour quelle raison vivez-vous dans cette petite ville de province, quand votre immense fortune vous permettrait de figurer parmi les premières familles de la capitale provinciale, de vous allier aux clans qui comptent, de placer vos enfants dans la noblesse du premier rang ? Votre modestie est aussi rare qu'inattendue.

Le vieil homme attendit quelques instants avant de dire, en regardant l'eau :

— Notre fortune, ce n'est pas notre bonheur : c'est notre malédiction. Vous ne pouvez pas comprendre. Nous avons conclu un pacte. Nous ne sommes pas libres. L'argent n'est rien. Cet or nous ensevelira.

Le juge abattit sa dernière carte.

— Tout de même, cette statue monumentale en or massif... Quel trésor !

Visiblement le vieil homme était au courant, car il ne cilla pas.

— Cela n'est rien, je vous l'ai dit. Vous en voulez à notre or, vous aussi ? Mais prenez tout et allez-vous-en ! Laissez-moi en repos ! Que vous avons-nous fait ? Assassin ! Assassin !

Il leva sa canne pour en frapper le mandarin. Le premier coup fut amorti par le bonnet fourré. Ti bloqua le second en saisissant le bâton. Le vieux Tchou se débattit avec une telle rage que la barque se mit à tanguer dangereusement.

— Attention ! clama le jardinier. Nous allons chavirer !

La prédiction se réalisa aussitôt. Le vieillard irascible, le jeune homme et le juge plongèrent dans l'eau malpropre. La profondeur était faible : ils étaient dans le lit de l'inondation et pataugeaient, trempés jusqu'aux os, de l'eau jusqu'aux genoux. Le moine et le majordome, qui les guettaient depuis le portail, se précipitèrent à leur secours. Le grand-père s'était calmé sous l'effet du bain glacé. Tout le monde se hâta de regagner l'intérieur de la maison pour se changer et se réchauffer.

– Par les douze *xian*[1], que s'est-il passé ? demanda Mme Tchou quand ils entrèrent.

– Allume les braseros ! ordonna son mari à la vieille servante. Vraiment, père, vous n'êtes guère raisonnable ! Nous nous sommes fait un sang d'encre ! Voilà une heure que nous fouillons le parc !

– Ne m'adressez plus la parole, vous ! lâcha une dernière fois le vieil homme avant de se laisser emmener par le majordome. Assassins !

Ses enfants étaient atterrés. Un silence pénible s'installa jusqu'à ce que M. Tchou retrouve sa langue :

– Pardonnez-lui. Il ne sait plus ce qu'il dit.

Ti répondit qu'il s'en était bien rendu compte. Après avoir reçu des remerciements pour avoir ramené le fugueur, il se rendit dans ses appartements, où Hong Liang venait de lui préparer des vêtements secs.

– Je demanderais volontiers qu'on me fasse chauffer un bain, si tout le monde n'était pas occupé.

– Pardonnez ma témérité, Noble Juge, dit le sergent Hong, mais Votre Excellence ne devrait-elle pas faire accélérer les travaux sur notre jonque afin que nous puissions abréger ce séjour sans objet ? La rivière est à peu près praticable et on nous attend

1. Immortels.

à Pou-yang. Le *yamen*[1] va finir par s'inquiéter de votre absence.

– Demain, nous tâcherons d'envoyer un message pour dire où nous sommes. Quant à notre halte, je ne pense pas qu'elle soit sans objet. C'est Lu Hsing[2] qui nous a conduits ici, j'en suis de plus en plus persuadé.

Le sergent Hong pensa que son maître devenait bien fataliste avec l'âge.

Quand Tchou Tchouo revit le juge, il le remercia une seconde fois d'avoir ramené son père.

– Nous avons pris des mesures énergiques pour qu'un tel accident ne se reproduise pas, dit-il en regardant son fils, dont les joues étaient rouges.

L'ambiance au dîner fut effroyable. Dame Grâce pleurnichait dans ses manches. Son mari buvait plus que de coutume. Leur fille était murée dans un morne silence. La vieille servante, fâchée pour une raison inconnue, lâchait les bols à une demi-coudée de la table, sur laquelle ils atterrissaient en éclaboussant autour d'eux.

« Elle s'y met aussi ! se lamenta le juge. Il va être difficile de la convaincre de s'intéresser à mon bain. » Il était dommage de gâcher ce repas doux-amer : pour une fois, il était presque bon. Le cuisinier avait oublié d'être répugnant.

– Vous avez là un superbe exemple de calligraphie, dit le juge, désignant au hasard un poème accroché au mur, dans le seul but de ranimer la conversation.

---

1. Le *yamen* regroupe la résidence du juge, le tribunal et les bâtiments administratifs d'une ville.
2. Dieu de la Justice.

– Prenez-le ! s'exclama le maître de maison avant de vider une énième coupe de *daqu* du Guangxi assez fort pour décaper les marmites. Il est à vous ! Je vous en prie ! Vous nous faites honneur ! Ne vous gênez pas ! Tout ici vous appartient !

Son épouse, un instant stupéfaite, se mit à sautiller sur son postérieur.

– Mon cœur, vous vous oubliez, dit-elle en posant la main sur le bras de son mari.

Celui-ci se dégagea avec rudesse et se servit une tasse de vin tiède. Ses enfants lui jetèrent des regards effarés, puis piquèrent du nez dans leur assiette, leur nouvelle habitude.

– Veuillez avoir la bonté d'excuser mon époux, dit Mme Tchou. Les récents événements l'ont bouleversé. Il est très fatigué.

– Je comprends fort bien, dit le juge Ti avec un sourire qui rassura son hôtesse. Puis-je demander quels événements précis ont provoqué ce bouleversement ?

Dame Grâce se raidit comme si une souris avait traversé sa belle table carrée sous le nez des convives. Son mari vida sa coupe sans plus se soucier de ce qui se disait autour de lui.

– Mais, mais… bredouilla-t-elle. La fuite de son père… La montée des eaux… Tout cet ensemble d'accidents calamiteux…

Ti remarqua qu'elle ne mentionnait aucun des meurtres. On pouvait donc penser que c'était bien plutôt cela qui l'occupait, davantage que la fugue d'un vieillard coutumier du fait ou une inondation qui accablait tout le monde sauf eux.

– Je vois, dit-il sur un ton plein de mystère.

Mme Tchou marquait autant de stupeur que si un démon des enfers avait pris part à ce dîner. Deux plis sévères apparurent de part et d'autre de sa bouche, qu'elle n'ouvrit plus que pour ingurgiter de petits morceaux d'anguille qui semblaient avoir du mal à passer.

De retour dans sa chambre, le juge Ti se concentra sur les éléments du puzzle. Une même personne avait éliminé le représentant et le bonze, très certainement. Bien que l'un ait été assommé et l'autre empoisonné, les crimes avaient un trait commun frappant : la volonté qu'on avait de les faire passer pour des noyades accidentelles. C'étaient dans les deux cas des meurtres rendus possibles par la montée des eaux. Ti fut subitement persuadé qu'ils étaient intimement liés à l'inondation. Les deux hommes n'avaient pas été assassinés à la faveur de la crue, mais *à cause* de cette crue. Pour quelle raison ? quel lien y avait-il entre eux ? Il l'ignorait encore, mais il aurait donné sa main à couper qu'il s'agissait d'une seule et même affaire. Et rien ne permettait de croire que « l'assassin de l'eau montante » allait s'en tenir là. Tant que la ville de Lo-p'ou serait inondée, elle connaîtrait le meurtre et la violence. En apparence, malgré son malheur, c'était l'endroit le plus paisible du monde. En réalité, une bête féroce y rôdait, prête à expédier tout gêneur outre-tombe sans autre forme de procès.

Qu'avaient en commun le représentant et le moine ? L'un commerçait, l'autre quêtait. L'un voyageait, l'autre priait. Tous deux rendaient visite aux habitants, ils savaient des choses, des détails sur la façon d'être de chacun dans son intimité. Tous deux avaient dû percer un secret, ce qui leur avait été fatal. Or, le juge Ti ne connaissait rien d'aussi secret que la vie de ces Tchou, dans leur château, sur leur île, au milieu de leur lac, dans leur parc fermé, derrière leur portail qui protégeait il ne savait quelle turpitude digne qu'on tue pour en préserver l'incognito.

Confortablement installé dans son lit, le mandarin se plongea dans *Les Contes de la princesse Palourde*, sorte de petit roman trouvé dans la bibliothèque de son hôte. Bien qu'il ne fût guère amateur des genres littéraires mineurs, puisque seules les histoires vraies et édifiantes pouvaient prétendre au statut d'œuvres d'art, cette pochade sans ambition correspondait parfaitement à son besoin de délassement.

Un grattement, à la porte de la coursive, le tira de sa lecture. Ayant ouvert, il découvrit Mlle Tchou, les yeux baissés, comme il convenait à une jeune fille ; mais aucune jeune fille digne de ce nom n'aurait songé à se présenter chez un homme au début de la nuit. Elle releva la tête dans une attitude beaucoup moins conforme aux bonnes mœurs et lui demanda sans ambages s'il l'autorisait à entrer.

– Je n'ai pas peur, ajouta-t-elle comme il hésitait. Je sais que Votre Excellence est un honnête homme et que ma vertu est aussi en sûreté ici que dans ma propre chambre.

Il y avait dans ses yeux une lueur un peu trop vive. Ti se dit que c'était plutôt à lui d'avoir peur, vu la nature fantasque de la demoiselle. Quant à sa vertu, lorsqu'on savait ce qu'elle était capable d'en faire dans sa chambre, on était en droit de se demander ce qu'il en resterait dans la chambre des autres.

Il s'écarta pour la laisser passer et jeta un coup d'œil à l'extérieur pour vérifier que personne ne l'avait suivie. Après tout, le reste de cette abominable famille pouvait très bien se tapir dans l'ombre sous l'impulsion de quelque idée malsaine. De leur part, rien ne l'étonnait plus.

Mlle Tchou renifla comme une petite fille qui a de la peine. Compatissant, le juge lui indiqua un siège qu'elle délaissa pour s'asseoir sur le lit. Bien calée entre deux coussins, elle expliqua qu'elle venait de se disputer avec son frère à cause du grand-père. Le petit Tchou reprochait à sa sœur d'avoir annoncé à la ronde que le vieil homme s'était enfui, ce qui lui avait valu des réprimandes et même des coups, bien qu'il ait assuré n'y être pour rien, cette fois. Le magistrat le croyait volontiers. C'était un enfant intelligent, il avait compris qu'un nouvel écart de ce genre serait impitoyablement puni.

Elle fit mine de réprimer un sanglot, puis se mit à tortiller un pan de sa tunique rose comme l'aurait fait une gamine intimidée. C'était cela qui était insupportable chez elle : cette perpétuelle hésitation entre la fillette et la catin. Il ne savait jamais sur quel pied danser. Elle lui évoquait ces statuettes à deux visages dont la tête tourne pour montrer alternativement le sourire d'une belle ingénue ou la grimace d'une sorcière.

– Je ne veux plus de cette vie morne, dit-elle. Mes parents ne pensent pas du tout à me marier, vous savez. Ils veulent me garder auprès d'eux. Je m'ennuie terriblement.

Il se contenta de la regarder en se demandant quelle horreur allait bien pouvoir sortir de cette jolie bouche. Cela ne tarda pas.

– Si Votre Excellence voulait bien m'emmener avec elle…

— Quand cela ?
— Au plus tôt.
— Où cela ?
— Où vous voudrez. Partons demain !

Un enlèvement ! Le juge Ti manqua tomber de sa chaise.

— Vous plaisantez, j'espère ?
— Jamais je ne rencontrerai ici un homme d'une éducation comparable à la vôtre. Nous n'avons que des paysans rustiques.
— Vous n'y pensez pas !

Elle avait réponse à tout.

— Ma pudeur n'aurait pas à souffrir sous la protection d'un honnête sous-préfet.

« Oh, la petite effrontée ! » pensa-t-il.

— Du reste, si Votre Excellence estimait ma réputation compromise... Elle n'aurait qu'à faire de moi son épouse, ou même une concubine. Je ne suis pas difficile.

Elle ne l'était pas, en effet ! Devenir la compagne secondaire d'un homme assez âgé pour être son père ! Quelle chute pour l'héritière d'une telle lignée, qui pourrait prétendre à n'importe quel noble parti de la région !

Si elle avait fait une proposition similaire au représentant, et que le jardinier l'avait appris, cela avait pu devenir le mobile d'un meurtre. Avait-elle été la maîtresse du marchand de soie, plutôt que sa mère ? Ou l'avaient-elles été toutes les deux ? Chacune, et particulièrement dame Grâce, devenait alors suspecte de meurtre ! Une femme jalouse aurait-elle eu la force d'assener au malheureux le coup dont il portait la trace à l'arrière de son crâne ? Puis de le traîner jusqu'à la crue ? Sans doute pas. Mais elle pouvait avoir reçu de l'aide.

Ti repoussa poliment les avances de la demoiselle. L'enlèvement d'une jeune fille de la bonne société, même pour en faire sa concubine officielle, était un faux pas, la position du magistrat en aurait pâti. C'était un coup à se voir muter dans les régions glaciales du Nord ou dans un bourg de montagne où l'on voit plus de yacks que d'administrés.

– Vous sentez bien, je crois, ce que votre projet a d'irréel, dit-il sur un ton de barbon plein de sagesse qui réprimande une gamine à l'imagination débordante. Vos parents porteraient plainte sur-le-champ et ce serait la fin de ma réputation.

– Je ne crois pas que mes parents feraient cela, répondit-elle avec une assurance déplacée. Croyez-moi sur parole. Ils nous laisseraient en paix.

Ti en doutait. Par ailleurs, il avait déjà trois compagnes attentionnées et six enfants qui le comblaient parfaitement.

– Tant pis, dit la demoiselle en se levant. J'aurai essayé. J'espère que ni vous ni moi n'aurons à regretter votre choix.

Le juge se demanda quelle sourde menace, quelle prédiction inquiétante se cachait derrière ces paroles. Elle lui jeta un dernier regard de ses beaux yeux aux longs cils courbés et disparut comme elle était venue.

Il y avait donc dans la maison une sirène plus dangereuse que celle du lac.

VIII

Le juge Ti a une illumination ; le majordome adopte une étrange conduite.

Le juge Ti fit un nouveau rêve. Il était devant un beau paysage de collines et de forêts aux frondaisons noires. Il comprit bientôt que les feuilles n'en étaient pas : c'étaient des idéogrammes tracés à l'encre et pendus aux branches, que le vent agitait doucement. Au lieu de bruire, ce curieux feuillage émettait le son correspondant à chaque idéogramme, dans une cacophonie assourdissante. Les troncs eux-mêmes étaient des rouleaux de papier serrés par un cordon de soie. Le panorama rétrécit, comme si le rêveur s'en était éloigné à reculons. Le juge vit alors que le décor entier était posé sur un parchemin déroulé. Une mouche dansait sur les colonnes de mots. À l'aide d'une loupe, il découvrit la figure de Tchou Tchouo, qui sautait d'une colline à l'autre en déclamant avec son aplomb ridicule.

Ti se réveilla en sueur. « Quel cauchemar ! » se dit-il en s'épongeant avec le drap. Il eut une illumination. Un texte lu durant ses études littéraires lui revenait en mémoire. Le petit jour éclairait déjà la maison d'une lumière laiteuse. Il passa une robe d'intérieur et se rendit dans la bibliothèque. Les rouleaux s'étageaient devant ses yeux. Il chercha le rayon du théâtre classique. Après avoir potassé les ouvrages pendant une heure, il poussa un cri de victoire. C'était cela : un célèbre *siao-chouo*[1] qui contait l'épopée d'un lettré à travers les montagnes d'une manière lyrique et imagée. La grande tirade du héros, voilà ce que lui récitait Tchou Tchouo depuis le début du séjour sans avoir pris la peine d'indiquer ses sources. De là venait son ton emphatique : il récitait. Ce n'était pas l'alcool qui le faisait parler ainsi. Doué d'une mémoire remarquable, cet homme gratifiait son entourage d'une érudition mal digérée. Quelle habitude étonnante ! Cet individu grossier, qui méprisait de manière honteuse la calligraphie prisée par ses ancêtres, connaissait par cœur de longs passages d'une aventure poétique. C'était décidément un être plein de surprises. Sans doute n'avait-il pas toujours été un alcoolique invétéré. Ce flacon vivant recelait un fond de culture insoupçonné.

Ti sortit sur la promenade extérieure, abîmé dans ses réflexions littéraires, et se dirigea sans hâte vers ses appartements. Ces coursives abritées étaient une bénédiction pour le promeneur. Elles permettaient de prendre l'air à l'écart de la boue, côté parc, côté plage ou côté lac sans quitter la maison. La matinée avait avancé sans qu'il s'en rendît compte. Le soleil, ou ce qui en transparaissait à travers les

---

1. « Prêche en vulgaire », un genre de conte à réciter en musique, prédominant dans la littérature chinoise des Tang, qui fut le précurseur du roman classique.

nuages, était à présent bien haut sur l'horizon. Arrivé près d'un petit salon situé à l'extrémité opposée au perron, il entendit une personne parler fort, sur un ton impérieux, et reconnut la voix du majordome, très différente de son obséquiosité coutumière.

– Je ne suis pas content, pas content du tout ! disait le chef des serviteurs.

Qui pouvait-il gronder de la sorte ? La vieille servante ?

– Vous ne songez qu'à profiter. Quelle honte !

Décidément, il gourmandait la bonne.

– Enfin ! Ce n'est pas grand-chose que je vous demande !

Le juge Ti crut percevoir dans ces mots de l'ironie.

– Et ôtez-moi cet étalage de bijoux ! On dirait une poule de luxe ! Vous êtes vulgaire !

La servante avait-elle une passion cachée pour les colifichets ? Le portrait ne cadrait plus. Avait-il dit « poule de luxe » ? Cette expression lui évoquait quelqu'un d'autre. Pouvait-il s'adresser à dame Grâce ? On n'aurait pas osé parler ainsi à la servante d'une gargote ! Song rappelait au magistrat certains souteneurs dont il avait eu à s'occuper à Han-yuan. Ils affectaient un mépris comparable pour leurs affidées. Cet homme semblait animé d'une colère froide et acide. Mme Tchou, si elle était dans la pièce, ne répondait rien. Peut-être parlait-il tout seul ? Le juge Ti avait déjà remarqué chez certains domestiques une propension à insulter leurs maîtres dans leur dos, pour se défouler. On lui avait rapporté des cas de caméristes qui s'en prenaient aux robes de leur maîtresse, à leur portrait ou à leur miroir.

– Comment faites-vous pour vous regarder en face ? Vous ne valez rien ! Ah, si vous n'étiez pas sous la protection de la déesse ! Vous pouvez la remercier, croyez-moi ! Retirez-vous ! Vous m'énervez !

En risquant un œil par la fenêtre, le juge Ti eut la surprise de voir la maîtresse de maison quitter la pièce la tête basse, l'air contrit et préoccupé. Comment cette dame pouvait-elle laisser son majordome la tancer ? Étaient-ils amants ? L'hypothèse d'un règlement de comptes amoureux avec le représentant se précisait. Dame Grâce avait pu avoir des faiblesses pour l'un et pour l'autre ; elle était à présent prisonnière de son secret honteux. Elle pouvait aussi avoir tué l'un de ses soupirants parce qu'il la menaçait d'un scandale... Ti se promit de lui tirer les vers du nez à la première occasion. L'adultère lui répugnait profondément et constituait à ses yeux une circonstance aggravante en cas de meurtre. Tout cela s'imbriquait assez bien : Tchou était un idiot inconscient des liaisons qui se nouaient sous son propre toit. L'alcool et la littérature étaient un refuge où il s'enfermait pour ne pas voir ce qui crevait les yeux.

Ti poussa un profond soupir et reprit son chemin. Cette affaire n'était pas si compliquée, après tout. Jamais il n'aurait dû lui consacrer autant de temps. Il en avait déjà traité un grand nombre du même genre. Ces travers sexuels, ces turpitudes, davantage que les autres mauvais penchants de la nature humaine, ne suscitaient plus chez lui que dégoût et lassitude.

Sans qu'il y prenne garde, ses pas le portèrent à la salle où se trouvait la cage aux oiseaux. Face aux barreaux, Mlle Tchou examinait avec une mine désolée un pinson mort qu'elle tenait dans ses mains.

– Encore un, dit-elle sans lever les yeux.

– Vous m'en voyez navré, répondit le juge Ti en se demandant si c'était bien à lui qu'elle croyait s'adresser.

Mais la jeune fille ne manifesta aucune surprise lorsqu'elle reprit :

– Je ne sais plus quoi faire. Ils ne m'aiment pas. Ils n'ont plus le goût de vivre. J'avais cru qu'avec le temps… Mais non. Ils s'en iront les uns après les autres. Autant qu'ils partent tout de suite !

Elle marcha à la fenêtre d'un pas résolu et l'ouvrit en grand, puis fit de même avec la porte de la cage. Comme les oiseaux ne se hâtaient pas de sortir, elle saisit un éventail et en frappa les barreaux pour les inciter à déployer leurs ailes. Effrayés, énervés, ils passèrent l'ouverture et, guidés par le souffle d'air frais venu de l'extérieur, prirent leur envol vers le ciel, sans un adieu pour leur libératrice. Ti les regarda s'en aller. Mlle Tchou prit bien garde qu'aucun d'eux ne reste en arrière. Enfin, elle arracha les fines articulations de la porte grillagée.

– On n'enfermera plus personne dans cette prison. C'est fini. S'ils veulent mourir, qu'ils aillent le faire dans la forêt, en liberté. Comme j'aimerais être à leur place !

– D'autant que vos parents ne vont pas être contents, répondit le magistrat.

À l'expression de la jeune fille, il devina qu'elle s'en fichait.

– C'est dommage, reprit-il. Les oiseaux sont symbole d'harmonie. En les relâchant, vous abandonnez la recherche de la paix du foyer. C'est une erreur.

Son père entrait justement. Avisant la cage déserte, il dit seulement :
– Tiens ! Ils sont tous morts, cette fois ?
– Non, père, répondit la demoiselle. Je les ai libérés.
– Ah, fit Tchou Tchouo. Comme tu voudras, mon enfant.

Et il quitta la pièce. « Eh bien, songea son invité, voilà le résultat d'une éducation laxiste. Je comprends mieux, à présent, pourquoi cette exaltée n'en fait qu'à sa tête. Son père s'en mordra les doigts avant qu'il soit longtemps ! » Il regagna ses appartements en se disant que, à la place des volatiles, il aurait quitté, lui aussi, cette maison de fous si mal tenue.

Le sergent Hong était en train de faire un peu de ménage.
– Si je devais compter sur le personnel, bougonna-t-il, nous marcherions sur nos déchets ! Cette demeure est somptueuse, mais personne ne se soucie de la propreté. C'est navrant. Quand cette crue sera passée, il y aura du travail, c'est moi qui vous le dis ! Je serai content de ne pas être là pour voir ça !

Son patron se contenta de sourire et s'assit à une table pour ouvrir un livre.
– Connaissez-vous la nouvelle, Noble Juge ? reprit le serviteur, en mal de conversation. Il paraît que des pillards et des hordes de bandits sévissent dans les parages. Selon la rumeur, ils attaqueraient les voyageurs, surtout les paysans qui fuient le long des rives, profitant de ce que ces pauvres gens essayent de sauver leurs biens les plus précieux. Que fait l'armée ? J'espère qu'elle interviendra avant que ces malfrats ne se rapprochent d'ici ! Ce ne sont pas

nos villageois qui feront le poids en cas de mauvais coup.

Le juge ouvrit une porte pour aller contempler le paysage. Lorsque le sergent Hong le rejoignit pour prendre ses ordres, Ti observait avec perplexité les piliers qui soutenaient la promenade en surplomb du lac.

– Votre Excellence a remarqué, elle aussi ? dit Hong Liang.

On pouvait percevoir dans sa voix une trace d'angoisse.

– Elle monte, n'est-ce pas ? reprit le sergent. De combien peut-elle s'élever sans que le château soit menacé ?

Il y avait encore deux ou trois coudées entre eux et la surface de l'eau. Les lotus, accrochés au fond par leur longue tige, commençaient à disparaître, entraînés par cette ancre naturelle : ils se noyaient. On aurait dit des naufragés dont les mains, les boutons, lançaient au ciel un adieu pathétique.

– Les fleurs nous quittent, dit le juge. Les grenouilles seront tristes, ce soir. Leur chant sera mélancolique.

– Comme tout ici, commenta Hong Liang. Il n'aura pas échappé à Votre Excellence à quel point les éléments, et cette maison même, paraissent souffrir de cet événement fâcheux – je parle de la crue. On dirait que la nature est en deuil.

– Plus exactement, répondit le magistrat, c'est ce domaine qui est en deuil. À l'extérieur, la nature se bat, elle résiste. Ici, elle se laisse sombrer. Comme si cette propriété était déjà morte et se laissait emporter par la force du courant venu balayer des restes inertes. Comme si ce flot était une tentative pour restaurer l'ordre des choses. Je crois que la parenthèse de ce parc est en train de se refermer.

– Votre Excellence est bien philosophe, ce matin.

– C'est une bonne réponse à l'inquiétude, répondit le juge. Certains s'angoissent, d'autres pleurent. Moi, je profère des sottises. Cela m'occupe l'esprit.

Le sergent Hong garda le silence. Il regrettait que sa propre éducation ne lui ait pas donné accès à une telle décontraction. Habitué à traiter des problèmes concrets, il aurait volontiers échappé à la réalité de celui-ci.

Le magistrat prit son riz de midi en compagnie du maître de maison. La conversation roula sur la montée des eaux. Cela inquiétait moins encore Tchou Tchouo que la propension de sa fille à relâcher des oiseaux précieux.

– Vraiment, j'admire votre force de caractère, dit le mandarin en songeant que l'alcool y était peut-être pour quelque chose. J'aimerais garder comme vous ce calme digne de Confucius.

Son commensal sourit.

– Je vous l'ai déjà dit : nous ne risquons rien. Il n'y en a plus pour longtemps. Chaque jour qui passe nous rapproche de la délivrance. Expliquez-lui, Song.

Le majordome, venu ramasser les plats, s'adressa au juge Ti sur le ton le plus déférent, sans rapport avec celui qu'il avait employé à l'égard de sa maîtresse le matin même :

– Que Votre Excellence se rassure. La décrue se produira avant la fête de la Perle, pour que cette cérémonie puisse avoir lieu dans de bonnes conditions. Il en est toujours ainsi.

Il s'inclina et sortit avec les bols vides.

– Puisse le Ciel vous entendre, dit le juge Ti en se versant, pour une fois, quelques gouttes de *baijiu*[1], dont le parfum entêtant narguait ses narines depuis un moment.

Pour sa promenade digestive, il fit le tour de l'île en jetant aux rives des regards inquiets. Les saules avaient les pieds dans l'eau. On ne pouvait plus accéder aux bacs à poissons : personne n'avait pris la peine de les laisser flotter, ils étaient noyés. On ne mangerait plus de carpes avant la saison prochaine, elles n'avaient pas eu plus de mal à nager par-dessus les filets que les oiseaux à franchir la fenêtre.

En rentrant vers le domaine, le promeneur croisa la vieille servante. À son air hagard, il crut qu'elle s'était mise à boire, elle aussi. Il aurait juré que cette femme, d'ordinaire renfermée, venait de contempler la face radieuse du Bouddha apparue entre ses fourneaux. Une expression extatique illuminait ses traits, un peu de la lumière divine s'attardait sur son visage. Ce n'était plus la petite servante rabougrie, terne, ronchonneuse, acide : c'était une nonne au jour de sa vocation. Elle avait reçu l'appel, marchait au-dessus du sol, elle était transfigurée.

– Eh bien, dit-il. On dirait que vous venez d'apprendre une bonne nouvelle !

La servante chut brutalement de son nuage. Une moue d'amertume revint par habitude sur sa bouche et balaya instantanément toute trace de la félicité qui

---

1. Alcool de riz courant.

l'avait éclairée. La nymphe joyeuse reprit sa posture de mégère. C'était de nouveau une petite personne peu aimable qui se tenait devant lui.

— Moi ? répondit-elle. Pas du tout. Quelle bonne nouvelle pourrais-je apprendre ? Ne suis-je pas une esclave, ici ?

Elle n'était pas en veine de convivialité. La voyant de près, Ti la trouva burinée, ratatinée, en plus d'être mal embouchée. Mais l'occasion de l'interroger ne se représenterait peut-être pas. Il lui demanda depuis combien de temps elle servait ici.

— Depuis toujours, grogna-t-elle. Je suis une pierre parmi les pierres.

À force d'insistance, il parvint à apprendre qu'elle venait en fait de la famille de Mme Tchou, qu'elle avait élevée. Au jour du mariage, comme c'était souvent le cas, elle avait accompagné sa maîtresse dans sa nouvelle maison, pour que la jeune femme ne se sente pas trop perdue. Les domestiques étaient en général le lien principal que les mariées conservaient avec leur ancienne existence. Ti suggéra que Tchou Tchouo devait être très amoureux de sa femme pour n'avoir jamais pris de concubine. La servante se montra moins positive.

— Il se laisse mener par le bout du nez, voulez-vous dire ! C'est un benêt. Il devrait taper du poing sur la table un peu plus souvent, ça ne ferait de mal à personne !

Ti fut choqué d'une telle insolence. Les limites de sa patience étaient atteintes. Il était trop pénétré du sentiment des différences sociales pour laisser passer une telle outrecuidance. Les Tchou étaient des imbéciles, au fond il était d'accord avec elle, mais ils appartenaient aux castes supérieures, comme lui. Cela aurait été se mépriser soi-même que les laisser insulter devant lui par une inférieure.

– Comment osez-vous parler ainsi de vos bons maîtres ?

– Ah ! « Mes bons maîtres » ! ricana-t-elle. Ils ont la part belle, c'est sûr !

– Que voulez-vous dire ?

– Rien de plus que ce que je dis. Ils ont de la chance. Cela dit, j'en aurai bien un jour, moi aussi, de la chance. Et plus qu'eux !

Une idée vint à la vieille femme :

– À ce propos, Votre Seigneurie dispose probablement d'un bon bateau ?

Le juge répondit que celui sur lequel il était arrivé attendait toujours à quai de pouvoir repartir.

– Votre Seigneurie aura sans doute à bord une petite place pour une pauvre servante peu encombrante ?

Il s'étonna qu'elle songe à quitter des maîtres dont le service n'avait pas l'air épuisant.

– Hélas, dit-elle, tous les plaisirs ont une fin. Il faut bien que je pense un peu à moi. J'ai d'autres propositions, loin d'ici, très loin. Mais chut ! C'est un secret entre vous et moi. N'en pipez mot à quiconque. Permettez-moi d'embarquer avec vous, je vous en serai reconnaissante jusqu'à mon dernier jour.

« Avec sa jeune maîtresse, c'est la deuxième à vouloir que je l'emmène ! songea-t-il. Quelle rage les prend toutes de vouloir fuir ce paradis ? »

Il promit volontiers de la prévenir lorsque son navire appareillerait, et aussi de n'en « piper mot » à personne. Il était surtout intrigué par cette hargne soudaine à lâcher une maison dans laquelle elle avait servi durant tant d'années. C'était le genre de décision que l'on ne prenait pas à la légère, sur un coup de tête. Pourtant, on aurait dit qu'elle fuyait une bâtisse en flammes. Encore, si l'épidémie avait frappé ! Mais le domaine des Tchou semblait protégé de tout. Elle prendrait bien plus de risques en voguant de port en port sur une rivière déchaînée qu'en restant ici, même si la moitié de la ville avait été à l'article de la mort. Voilà que la folie des Tchou s'étendait au personnel ! Allait-il bientôt se mettre, lui aussi, à tenir des propos incohérents, à faire des choix stupides, à flanquer sa vie en l'air ? Y avait-il dans ces abords quelque marais répandant des fièvres insoupçonnées ? Le danger était aussi immatériel que les raisons qui motivaient ces gens. Il se sentit déboussolé.

La servante s'inclina et reprit son chemin. Elle n'avait pas recouvré son air radieux, mais des pensées plaisantes semblaient s'agiter derrière son front ridé.

Néanmoins, cet état d'esprit ne dura pas. Elle ne parut pas au dîner. Comme Ti s'en inquiétait, le jardinier lui répondit qu'elle souffrait d'un mal de tête tenace et l'avait prié d'assurer seul le service. Le juge en conclut qu'elle s'était débarrassée de la corvée pour se consacrer à des activités plus réjouissantes, vu son humeur de l'après-midi.

Il en eut la confirmation un peu plus tard dans la soirée. Il prenait le frais entre les colonnes peintes lorsqu'il aperçut la vieille femme dans une allée. Elle courait à petits pas en poussant de curieux glapissements, comme une souris qui aurait vu le chat. « Vraiment, cette femme est bizarre », se dit-il en la regardant disparaître derrière les arbres, un sac de toile à la main.

IX

Le juge Ti se bat avec des souliers ; il contraint Mme Tchou à une pénible confession.

« Quand la servante m'apportera ma collation du matin, se dit le juge à son réveil, j'en profiterai pour lui demander ce qui semblait tant la terroriser hier au soir. » Hélas, ce ne fut pas la vieille femme qui frappa à sa porte, mais le jardinier. Le jeune homme lui souhaita une bonne matinée, et déposa sur une table le plateau contenant son repas. « Tant pis, pensa le juge. Ce n'est que partie remise. »

Tandis qu'il sirotait son thé au gingembre et à la ciboulette, son attention fut attirée par un remue-ménage bruyant. On s'interpellait au travers de la maison, on courait dans les corridors, on renversait des meubles sans égard pour son repos. Il frappa à la paroi.

– Hong Liang ! Va voir ce qui se passe !

Le serviteur reparut, débraillé, les cheveux en bataille. Nul n'avait vu la servante depuis des heures. Elle s'était évaporée. Ses maîtres étaient inquiets à cause de la crue : elle avait pu tomber à l'eau.

– Ah, non ! s'exclama le juge. Tout le village ne va pas s'amuser à sauter dans la rivière ! On verra bientôt flotter davantage de corps que de branches d'arbres ! C'est une tocade !

Il s'enveloppa dans une cape et sortit voir de quoi il retournait. Les Tchou étaient nerveux. Pour la première fois, cette famille impavide secouait son apathie. Chacun d'eux semblait tracassé.

– Le petit personnel est toujours une source d'ennuis, se permit de dire le majordome avec un manque de compassion qui consterna le juge.

Ti était bien placé pour savoir que la servante n'avait qu'une envie : quitter ses maîtres, qu'elle détestait de tout son cœur. Le démon de l'envie, ce mal funeste, dévorait son âme à pleines dents. Elle avait dû faire ses paquets sans attendre le bateau promis.

– Si elle ne revient pas, dit le juge, vous en serez quittes pour lui chercher une remplaçante parmi les jouvencelles du village.

Il avait à l'esprit quelques jolies postulantes qu'il pouvait leur indiquer. Cette idée n'aurait pas moins choqué les Tchou s'il leur avait suggéré de remplacer le grand-père par le premier vagabond venu.

– Vous n'y pensez pas ! s'exclama dame Grâce.

– C'est impossible ! renchérit son mari. Il faut absolument la retrouver !

Ils se lancèrent dans des recherches effrénées, comme si leur propre survie en dépendait. L'invité les regarda s'agiter dans toute la maison avec une curiosité d'entomologiste. Il y avait dans cet affolement quelque chose d'irrationnel, d'incontrôlé, qui heurtait son esprit confucéen et même, pour tout dire, sa conception de la bienséance. Qu'on s'inquiète pour le grand-père, soit ; mais autant de bruit pour une bonne acariâtre, c'était pousser un peu loin le paternalisme.

L'atmosphère oppressante de cette matinée commençait à l'atteindre : il se sentait agacé. Il était opportun d'aller se rafraîchir les idées sur les bords du lac.

Les frondaisons hospitalières offraient une alternative calme et rassérénante à la frénésie du château. Tandis qu'il faisait les cent pas sur la berge, son regard fut attiré par un détail : deux petites taches de couleur grise étaient visibles à quelques encablures. Les lotus disparus, ces taches étaient le seul écueil. Qu'est-ce que cela pouvait bien être ? Malgré le vent, elles restaient immobiles, ne s'approchaient ni ne s'éloignaient, comme deux minuscules repères au milieu de l'eau.

Ti revint vers la maison.

– Sais-tu où nous pourrions trouver une embarcation pour aller sur ce lac ? demanda-il au sergent Hong.

– Votre Excellence veut prendre de l'exercice ? Est-ce bien le moment ? J'ai promis aux honorables Tchou d'aider à chercher la disparue…

– Ils seront bien assez de fous comme ça pour courir après cette brave femme. Trouvons une barque.

Hong Liang en avait remarqué deux près des bacs à poissons. Ils s'y rendirent.

– Votre Excellence désire-t-elle que je rame ? demanda-t-il sans guère d'illusions, tandis que son maître s'installait confortablement face à la proue.

– Dépêche-toi donc ! répondit simplement le mandarin. Allons de ce côté !

Hong saisit les rames en soupirant et entreprit de se diriger vers le point que son maître indiquait d'un doigt impatient. Les deux taches furent bientôt en vue.

Lorsque le sergent eut bien transpiré, ils en furent assez proches pour voir qu'il s'agissait d'une paire de souliers qui flottait à l'envers.

« Voilà qu'il me fait trimer pour aller à la pêche aux vieilles chaussures ! » se lamenta intérieurement le rameur.

– Plus près ! ordonna son passager.

– Tout de suite, Noble Juge, répondit le sergent en soufflant comme un bœuf.

Ti saisit l'un des chaussons de tissu entre deux doigts. À son grand étonnement, celui-ci se défendit : il demeura obstinément sur l'onde, sans du tout accompagner sa main. On aurait dit qu'il était ancré dans la vase comme le sont les lotus. Irrité, le juge l'empoigna fermement à deux mains. Il eut la surprise d'extirper hors de l'eau trois pouces de chair blafarde qui ressemblaient à une cheville glacée.

– Qu'est-ce que c'est que cette horreur ? couina le sergent.

Ti resta pensif un moment.

– Je crois que nous avons retrouvé notre servante. N'était-ce pas un pantalon gris qu'elle portait ? J'ai déjà son soulier, je crois que le corps est dessous.

La chaussure lui resta dans la main, dévoilant, au ras de la surface, un pied nu, blanc et glacé.

– Quelle abomination ! entendit-il glapir dans son dos.

– Les Tchou vont être bien déçus, admit le juge. Crois-tu qu'ils engageront la petite servante de l'auberge, celle avec le grain de beauté sur la joue gauche ?

Le sergent dut se pencher d'un côté de la barque pour permettre à son maître de hisser le corps, qui lui parut peser autant qu'une chamelle gravide. Après avoir bataillé avec la vase durant plusieurs minutes, il parvint à le remonter et à l'allonger dans le fond de l'embarcation. Hong reprit les rames, et le juge commença son examen. Le manteau de la morte était noué en une sorte de gros baluchon, les bras encore passés dans les manches. Ce paquet improvisé semblait contenir une grosse pierre. Cela expliquait la curieuse posture de la défunte : entraîné par ce poids, le corps s'était fiché dans la boue, nez en avant, comme une carpe fouissant le sol.

Le juge défit le nœud. Ce n'était pas d'une pierre que l'on s'était servi pour lester la servante. Le sergent Hong cessa de ramer. Ses yeux, comme ceux du magistrat, avaient été frappés d'un éclat ensorcelant. On avait utilisé, en guise de lest, une dizaine de lingots d'or ! Cette servante misérable était partie pour son dernier voyage avec, dans son manteau, plus d'or qu'elle n'en avait vu de toute sa vie, plus encore qu'elle n'en aurait vu en travaillant pendant trois siècles.

« Ma parole, pensa le juge, il y a plus de pépites que de cailloux, dans ce domaine ! Ils en sont à les jeter au lac ! »

On aurait dit un meurtre rituel. C'était comme si le cadavre et le trésor avaient formé une seule offrande à l'intention de la déesse. Cette dernière avait visiblement décliné l'hommage et restitué le cadeau.

Une fois près de la rive, Hong Liang descendit le premier, trempa son pantalon, tira la barque au sec en se faisant mal au dos, s'affala dans la boue, puis tendit à son maître sa main la moins sale pour l'aider à gagner la terre ferme.

– N'avertissons personne, recommanda ce dernier en considérant le corps de la malheureuse et son trésor funéraire. J'aimerais l'examiner à loisir avant que ces hystériques ne viennent m'ennuyer.

Hélas, les « hystériques » avaient prévu la mauvaise nouvelle. Ils avaient posté près du lac le petit Tchou, qui espionnait derrière un saule.

— Je crois que les plans de Votre Excellence vont être contrariés, dit Hong Liang en tendant un index boueux en direction de l'arbre.

L'enfant se mit à courir vers le château en criant : « Elle est morte ! Elle est morte ! »

— C'est cuit, dit le sergent tandis que son maître serrait les poings de contrariété.

— Cachons au moins le magot. Dissimule-le sous la banquette. Je veux garder cet indice en réserve.

Le reste de la parentèle arriva aussitôt, comme s'ils n'avaient attendu que cela. Les Tchou étaient plus atteints par cet événement que par tout autre fait depuis huit jours. La foudre s'abattait sur la maisonnée. Dame Grâce se jeta sur le corps en pleurant. Son mari resta tétanisé d'effroi. Le petit garçon sanglotait. La demoiselle tenait sa mère par les épaules, dans une attitude de lamentation, mais ses yeux étaient secs. Elle semblait se faire des reproches.

Les serviteurs survinrent à leur tour. Après un instant de stupéfaction, le jardinier et le moine s'occupèrent d'extraire le cadavre de la barque, sous le regard perplexe du majordome. Ils l'emportèrent vers le château, suivis par la maîtresse de maison, toujours en larmes.

— Qu'est-ce que c'est que ça ? dit une voix.

Tous les regards se tournèrent vers Tchou Tchouo, qui contemplait le petit bateau. Debout à l'intérieur, son fils avait à la main un objet oblong, jaune et brillant. Les Tchou revinrent vers la berge comme des automates, tandis que les porteurs s'immobilisaient au milieu de l'allée, leur fardeau sur les bras. La famille entoura l'embarcation pour contempler le trésor avec des yeux ronds. L'enfant sortit un à un de sous la banquette les lingots que Hong y avait maladroitement glissés. Ti jeta à ce dernier un regard courroucé.

— Par les puissances célestes ! dit Tchou Tchouo. Mais il y en a pour une petite fortune, là-dedans !

Le magistrat crut qu'il feignait la surprise pour sauver les apparences. Mais tous les quatre étaient obnubilés par ce petit tas de métal clair.

— Ce n'est pas une petite fortune ! corrigea sa fille.

— Qu'est-ce que cela veut dire ? marmonna le majordome.

— Bouddha compatissant… murmura le moine.

— C'est du vrai ? demanda le petit garçon.

— Et comment ! dit le jardinier en grattant la surface avec son ongle. Il y a assez dans chacun d'eux pour faire une centaine de pièces !

Ils se repassaient à présent les sabots d'or sans paraître comprendre de quel ciel tombait cette manne. Dame Grâce partit d'un rire incontrôlable qui glaça tout le monde. Son mari la regarda comme si elle était folle.

— Laissez-moi faire, dit le magistrat. J'ai des notions de médecine.

Il écarta M. Tchou et sa fille et appliqua sur la joue de la rieuse un soufflet retentissant qui la fit vaciller. Elle resta un instant interdite, puis éclata en sanglots dans les bras de son époux.

– Vous voyez, ça va beaucoup mieux, conclut le médecin de circonstance, elle a de nouveau des réactions normales. À présent, si vous voulez bien, j'aimerais que vous récupériez le corps, plutôt que de le laisser traîner au pied d'un arbre. Vous le déposerez dans une pièce pourvue d'une longue table. Quant à l'or, il vous appartient, monsieur Tchou, je suppose ?

Cette révélation sembla frapper l'intéressé.

– Euh…, oui… bredouilla-t-il. J'imagine qu'elle se sera servie dans mes coffres. Jamais je n'aurais cru ça d'elle. Une voleuse ! Sous mon toit ! À qui se fier, vraiment !

Son épouse redoubla de sanglots. Le débat étant clos, Ti prit la tête de la petite troupe, qui se dirigea vers le château.

Une fois au chaud, il voulut en apprendre davantage sur la défunte. On lui déclara qu'elle se nommait « Jasmin Précoce ».

– Curieux nom pour une servante. Il n'est pas du meilleur goût. Jasmin Précoce aurait-elle travaillé dans un « palais de fleurs » ?

On lui assura sur un ton outragé qu'il n'en était rien. Ses parents avaient de l'intérêt pour la poésie champêtre, voilà tout.

– Avait-elle encore de la famille ?

Les Tchou répondirent avec une certaine gêne qu'elle n'avait plus qu'eux. Après avoir réfléchi un moment, il examina le corps en pensant tout haut :

– Comment cette malheureuse est-elle décédée ? Empesée comme elle l'était, je crois qu'on peut exclure l'accident.

– Elle aurait pu vouloir traverser le lac en bateau, tomber à l'eau et être entraînée par son trésor ? suggéra Mlle Tchou.

En admettant que la servante ait voulu emporter son or en barque, Ti ne pensait pas qu'elle aurait choisi de l'empaqueter dans son manteau : il aurait été plus simple de le déposer au fond d'un baluchon facile à transporter au bout d'une perche. Par ailleurs, pourquoi aurait-elle renoncé à son idée d'embarquer sur la jonque du magistrat ? Que cherchait-elle de l'autre côté du lac ?

– Non, le meurtre est pour ainsi dire établi. Reste à savoir comment on s'y est pris.

Dame Grâce redoubla de criaillements tandis que le juge soulevait la tête de la servante, écartait les diverses couches de vêtements, lui ouvrait les paupières et la bouche. Tchou Tchouo l'observait avec inquiétude.

– Comment allez-vous procéder ? demanda-t-il.

– Eh bien, pour commencer, nous pourrions chercher des traces d'empoisonnement. Le mieux serait de l'ouvrir en deux, conclut le juge en mimant le geste d'un poissonnier qui vide une carpe.

– L'ouvrir en deux ! s'exclama son hôte avec horreur. Est-ce bien nécessaire ?

– Oui. Pouvez-vous me faire apporter votre meilleur couteau ? Long et effilé : ça entrera mieux.

Même le sergent Hong recula. Mme Tchou se jeta aux pieds du mandarin et l'implora de ne pas profaner la dépouille. Ti resta curieusement inflexible. C'était bien l'effet escompté.

– Chère madame, il faut que la justice passe. Quelle raison aurais-je d'épargner le cadavre d'une servante sans descendance ? Nous hésitons lorsque les parents de la victime s'opposent à l'autopsie, mais dans le cas présent...

Il était d'un usage sacré de respecter les morts. Pour procéder à un examen invasif, le juge devait assurer aux proches que l'arrestation du meurtrier dépendait de cet outrage ; encore mettait-il sa responsabilité, et parfois sa tête, dans la balance.

Dame Grâce fut prise d'un tremblement fébrile. Ti crut qu'elle allait vider son estomac sur le tapis.

— C'est ma mère ! s'écria-t-elle enfin en cachant son visage dans ses mains. Ne touchez pas à ma mère ! Pitié pour elle ! Assez de mensonges ! Je n'en peux plus !

Ti feignit la surprise. Depuis un moment, le comportement de la dame l'avait conduit à une déduction de ce genre. La suppliante s'évanouit à demi, les jambes lui manquèrent, on l'emporta, pantelante. Son mari se tenait devant leur invité, les yeux dans le vague, comme un enfant pris en faute.

— On me cache quelque chose ? demanda le mandarin comme si de rien n'était.

Avec une gêne infinie, Tchou Tchouo expliqua ce qu'il appela « un grand secret de famille que sa femme avait eu l'honnêteté de lui avouer après leur mariage, bien qu'il fût à la vérité un peu tard pour ce type de confidence ». La Première épouse de M. Kien, père de dame Grâce, n'avait jamais pu enfanter. Elle avait donc élevé comme sa fille celle que sa servante avait eue de M. Kien, et l'avait finalement adoptée alors que l'enfant était encore presque un bébé. Nul n'en avait jamais rien su, hormis les parents et l'enfant : une telle révélation aurait compromis les chances de l'enfant chérie de faire un jour un beau mariage. Mais dame Grâce, « d'une nature droite et intègre », comme le précisa son mari, ne put préserver son secret au-delà de quelques jours et lui confessa sa véritable origine, sur l'oreiller, peu après leur nuit de noces. Elle avait perçu chez son époux « la grandeur d'âme nécessaire pour accepter cette vérité ». Elle ne s'était pas trompée : il avait de lui-même proposé que la vraie mère vienne vivre dans leur demeure, et leur union, depuis lors, avait été aussi paisible que le lac.

Il y avait dans cet édifiant récit un je-ne-sais-quoi de trop parfait qui l'empêchait d'être tout à fait crédible. Tchou Tchouo déployait plus de talent pour réciter des épopées classiques. Certes, des cas comme celui-là n'étaient pas rares. Mais nombre d'enfants auraient préféré voir leurs vrais parents découpés en morceaux sous leurs yeux plutôt que d'admettre leur origine ancillaire. Dame Grâce montrait une piété filiale aussi vive que tardive envers une femme qu'elle traitait en inférieure pas plus tard que la veille !

Pour conclure, Tchou Tchouo le supplia à son tour de ne pas ajouter à leur désespoir en profanant les restes de la malheureuse. Ti accéda à cette prière avec d'autant plus de bienveillance qu'il n'avait jamais eu l'intention de se livrer à cette boucherie. Son hôte le remercia avec émotion et se hâta d'aller réconforter son épouse éplorée.

Ti reprit plus sérieusement son examen du corps en quête d'une preuve d'empoisonnement, comme dans le meurtre du bonze, ou de contusions, comme dans celui du représentant en soie.

Il n'en trouva aucune. En revanche, en écartant la tunique de dessous de la victime, il découvrit sur son cou ridé d'intéressantes marques sombres, des hématomes survenus lors du décès. Ces marques, il les avait souvent vues dans les cas de femmes assassinées. Ici, elles étaient d'autant plus nettes que le corps avait été délavé par son séjour lacustre.

— Je devine à votre regard que Votre Excellence a trouvé, dit le sergent Hong avec l'espoir qu'ils allaient enfin pouvoir quitter cette morgue improvisée. Elle s'est noyée ?

— Elle a été étranglée. Avec une rare violence. J'ai promis de ne pas l'ouvrir, mais, à ce que je sens, le larynx est écrasé, peut-être aussi la colonne vertébrale. Ce n'est pas l'étouffement qui l'a tuée : elle est morte très rapidement, le cou broyé par les mains furieuses de son agresseur. Et cela s'est produit tout près d'ici, autant dire sous nos yeux.

— Sous nos yeux ! reprit le sergent avec effroi.

— Oui. J'ai rarement vécu si proche d'un assassin en liberté.

— Moi aussi ! renchérit son serviteur d'une voix éteinte.

Ti était fasciné. Le meurtrier, pour la première fois de sa vie, habitait sous le même toit que lui ; il le côtoyait chaque jour ; il lui parlait ; et pourtant, il n'avait aucune idée de qui cela pouvait être.

— Quand je pense que son bourreau est parmi nous, dit-il à mi-voix.

Hong Liang manqua s'effondrer sur le tapis.

X

Le juge Ti surprend une tentative de désertion ; il a avec les Tchou une explication orageuse.

Le juge Ti se réveilla en pleine nuit. Un bruit inhabituel avait interrompu son sommeil. Dans les ajoncs, les grenouilles coassaient à qui mieux mieux. « Qu'est-ce qui leur prend ? se demanda-t-il avec irritation. Même les animaux se rebellent, à présent ! » Il éprouvait l'impression confuse que quelque chose n'était pas normal.

Il sortit sur la coursive pour prendre l'air et voir si tout allait bien dehors. Des ombres traversaient le parc, du côté du perron. Des voleurs ! Le magistrat courut réveiller le sergent Hong.

– Lève-toi ! Prends ton gourdin ! N'allume pas !

Ils allèrent frapper chez le maître de maison.

– Monsieur Tchou ! Réveillez-vous ! Il y a des rôdeurs dans votre jardin.

Pas de réponse. La porte n'était pas verrouillée. Ils entrèrent. Les rideaux du lit-cage étaient ouverts sur une couche vide. Au-dehors, les grenouilles s'étaient tues. Tout était désormais silencieux comme dans un sépulcre. Le sergent Hong frissonna.

– Votre Excellence aura peut-être confondu les ombres des arbres avec celles d'êtres humains. L'heure est propice aux fantômes et aux démons. Nous devrions peut-être aller nous recoucher et laisser les spectres de la nuit batifoler à leur guise.

Le plancher craqua quelque part dans la demeure.

– Des fantômes ! se moqua son maître. Les spectres ne font pas craquer les parquets ! Suis-moi !

Des murmures les menèrent aux abords du vestibule. Deux personnes se disputaient à mi-voix. « Laisse donc ça ! » disait l'une. « Tu vois mieux à prendre ? » demanda l'autre. « Fiche-nous la paix, avec ton vase ! Sauvons-nous ! » reprit la première.

Le juge fit signe à Hong d'allumer sa lampe, et ils bondirent dans la pièce. M. et Mme Tchou s'immobilisèrent. Chacun tenait l'extrémité d'un grand vase. De surprise, ils le lâchèrent tous deux, si bien qu'il tomba sur le sol et éclata en une dizaine de fragments de céramique.

– Oh ! Le vase de maman ! dit dame Grâce avec une spontanéité d'emprunt.

Ti leur demanda d'un air soupçonneux ce qui se passait. Ils bredouillèrent une curieuse histoire de cérémonie traditionnelle nocturne en l'honneur de la déesse du lac. C'était d'autant plus difficile à croire qu'ils portaient d'épais vêtements de voyage. Le juge leur fit signe de se taire. On entendait des pas dans l'allée. Quelqu'un monta les marches du perron.

– Alors ? Qu'est-ce que vous faites ? demanda Mlle Tchou en pénétrant dans le vestibule, son frère derrière elle.

Ils portaient des baluchons. Elle avisa soudain les deux invités, et enchaîna comme si de rien n'était avec un « Bonsoir, Noble Juge » d'une parfaite banalité. Elle portait au bout du bras un panier d'où dépassait un lingot d'or. Ti n'en croyait pas ses yeux.

– Laissez-moi tranquille avec vos cérémonies ! Vous n'étiez pas plus en train de prier que moi ! Vous vous apprêtiez à fuir !

– Oh ! Noble Juge ! dit Tchou Tchouo. Pourquoi fuirions-nous notre propre maison ?

– Parce que votre forfait est découvert ! Je vous accuse d'être responsables, tous autant que vous êtes, de la fin tragique du représentant en soie !

Ce fut à qui pousserait le premier un cri de surprise, d'effroi ou d'indignation. C'était un chœur d'opéra. Ti fronça le sourcil.

– Confisqué ! dit-il en arrachant le panier d'or des mains de la jeune fille.

Il annonça son intention de les entendre à tour de rôle dès que le jour serait levé. D'ici là, il désirait dormir en paix. L'heure n'était pas aux précautions oratoires.

– Malheur à celui que je surprendrais à vouloir filer en douce ! prévint-il en agitant l'index. Mon sergent va coucher dans l'entrée. Il n'hésitera pas à faire usage de son arme s'il constate le moindre mouvement ! Je vous ordonne de réintégrer vos appartements et de n'en plus bouger.

Le sergent Hong poussa un profond soupir et s'en fut chercher une natte pour l'installer dans cette entrée pleine de courants d'air. Il se demandait de quelle arme le juge avait voulu parler.

Ti se recoucha furieux. Ses conclusions étaient évidentes : à présent que les crimes s'enchaînaient, ces Tchou voulaient échapper au bras vengeur de la justice impériale. Heureusement, leur stupidité et leur maladresse avaient fait échouer ce projet. Il bâilla et ramena la couverture sur son menton. Il aspirait au jour lointain où on le laisserait enfin dormir en paix.

Dès qu'il se fut restauré, le lendemain matin, il improvisa une salle d'audience dans son logement. Il recouvrit une table d'un tapis rouge qui rappelait celui de son *yamen*. Au mur, derrière lui, il pendit la banderole officielle de voyage où était inscrit « Tribunal du peuple » et en disposa d'autres un peu partout avec l'intention d'impressionner les témoins. En guise de sbire, le sergent Hong se campa à côté de la table, muni d'un gourdin. Certes, les preuves manquaient encore, mais cette séance produirait un choc qui conduirait peut-être les suspects aux aveux. Elle lui permettrait en tout cas de faire le tri dans ses propres suppositions. Et puis il n'était pas mécontent de sermonner un peu ces Tchou qui le prenaient pour un demeuré.

Le moine-cuisinier fut chargé d'introduire ses patrons l'un après l'autre. Ti convoqua en premier lieu la maîtresse de maison. Elle entra dans la pièce avec autant de timidité que si elle s'était trouvée dans la véritable salle d'audience. Elle avait revêtu une robe de deuil en lin écru, abandonné le monceau de bijoux dont elle se chargeait d'habitude et couvert sa poitrine d'un châle uni. Ti se demanda si cette triste mine était motivée par la perte de sa mère naturelle ou par la peur des sanctions. Il lui exposa d'emblée sa théorie : la famille s'était liguée pour faire disparaître le représentant afin de sauver l'honneur, car le défunt était son amant.

— Cet homme répugnant ? s'insurgea Mme Tchou. Jamais de la vie !

— Ah ! Vous admettez l'avoir connu !

La timidité de l'interrogée disparut d'un coup.

— Cela ne fait pas de moi une meurtrière ! Il faut bien se vêtir ! Nous sommes en province ! Les fournisseurs ne sont pas pléthore ! Et le bonze ? Il était aussi mon amant, j'imagine ?

Ti, sans se démonter, l'accusa d'avoir fait porter au religieux un plat contenant un venin végétal tiré de ses orchidées. Il avait pu vérifier par lui-même qu'elle cultivait une plante toxique, bien qu'elle ait feint de l'ignorer. Le poison est l'arme féminine par excellence. Elle avait agi ainsi parce qu'elle soupçonnait le beau-père d'avoir éventé le meurtre auprès du bonze. Le vieux était sénile, mais non aveugle.

— Dans ce cas, dit-elle avec un haussement d'épaules, j'aurais plutôt empoisonné mon beau-père. Depuis le temps que…

— Depuis le temps que vous en avez envie ? compléta le juge.

Il était évident que le vieil homme lui importait infiniment moins que feue Jasmin Précoce, la bonne. Leurs pensées avaient suivi le même chemin.

— Et ma mère ? reprit-elle. Vous me soupçonnez aussi de l'avoir estourbie ? Je préfère ne pas dire tout haut ce que je pense de vos accusations.

Ti était déçu. Ce premier entretien ne donnait pas les résultats escomptés. La seule conclusion qu'il en tira, c'est que dame Grâce était l'élément fort du couple. Il décida de s'attaquer à l'élément faible.

Une fois la dame sortie, il frappa à la cloison pour réclamer le mari. Ce dernier entra d'un pas mal assuré.

– Je suis navré de devoir vous apprendre une mauvaise nouvelle, déclara Ti. Votre épouse entretenait une liaison coupable.

Tchou Tchouo faillit tomber à la renverse.

– La mauvaise femme ! Puis-je demander comment se nomme l'infâme suborneur ?

– Vous le savez mieux que moi : c'était ce représentant que vous avez tué pour vous venger !

Tchou Tchouo dut s'asseoir.

– Quant au bonze, reprit le juge, imperturbable, vous l'avez empoisonné à cause du vieux sénile, je veux dire... de votre auguste père.

Cette fois, Tchou Tchouo reprit du poil de la bête.

– Moi, m'en prendre à un saint homme ? protesta-t-il. Vous voudriez que j'abîme mon karma ? Je ne tiens pas à me réincarner en limace un millier de fois !

– Ce n'est pas tout ! Vous avez expédié la vieille qui vous faisait chanter ! Voilà pourquoi elle s'enfuyait avec vos lingots ! Je sais tout ! Avouez !

Tchou Tchouo s'effondra.

– J'avoue, admit-il d'une voix morne. Tout ce que vous voudrez.

Cela ne faisait pas le compte du magistrat. Il n'était pas de ces fonctionnaires pressés qui se contentent d'aveux non circonstanciés, arrachés sous la pression. La vérité lui importait davantage qu'une condamnation.

– Comment vous y êtes-vous pris pour la tuer ? demanda-t-il avec sévérité. Ne me dissimulez rien !

– Je l'ai assommée avant de la jeter à l'eau. Cette vieille bique ! J'en ai rêvé cent fois !

– Cela, je n'en doute pas, répondit le juge en lissant sa moustache. Le problème, c'est que cela ne colle pas avec la réalité. Ne vous moquez pas de la justice ! Pour la dernière fois, comment l'avez-vous tuée ?

Tchou Tchouo se mit à sangloter.

– Je ne me souviens plus, dit-il. J'en ai assez de tout cela. Faites de moi ce que vous voudrez. Épargnez ma femme et mes enfants. Rien ne saurait être pire que de rester dans cette maison... J'ai soif. Permettez-moi de me désaltérer.

Sans attendre la réponse, il saisit un flacon sur un guéridon, se servit une grande rasade d'alcool qu'il avala d'un trait, et recommença deux fois.

Le juge Ti poussa un profond soupir. Cet homme-là était sûrement coupable de bien des choses, mais pas d'avoir étranglé sa belle-mère. Il était incapable d'une brutalité semblable à celle dont il avait relevé les traces sur le corps de la victime. Il était à bout de nerfs. Quant à l'ivresse, elle le ramollissait plus encore, s'il était possible.

– Dites-moi donc la vérité, dit le juge d'une voix plus douce. Je ne vous veux pas de mal. Avez-vous ou non commis ce meurtre ?

Le pauvre homme fit « non » de la tête. Ti se satisfit pour l'heure de cette protestation d'innocence, mais pria son hôte d'oublier tout projet d'évasion. Il frappa à la cloison et réclama le jardinier.

Le jeune homme entra d'un air penaud, en s'essuyant les mains sur son tablier. Impressionné par le décorum, il fit mine de s'agenouiller, comme au tribunal. Le juge lui fit signe de se relever, garda un moment le silence, puis il pointa son index sur le jeune homme.

— Tu as la folie du crime ! Tu es un être sans moralité ! Tu as assassiné le représentant parce qu'il avait les faveurs de Mlle Tchou, que tu avais subornée ! Puis le bonze, parce qu'il avait reçu les confidences de cette pauvre demoiselle, honteusement séduite par toi ! La vieille, parce qu'elle allait te dénoncer ! Je l'ai vue, au soir de sa mort, horrifiée d'avoir surpris un triste spectacle : toi et sa jeune maîtresse, dans le parc, enlacés ! Elle voulait s'enfuir parce qu'elle craignait pour sa vie !

Le jardinier nia de toutes ses forces.

— Il est vrai que j'éprouve un tendre sentiment pour Mlle Tchou, mais jamais je n'oserais porter la main sur elle, pas plus que je n'ai songé à assassiner la servante, bien que celle-ci se soit toujours comportée comme une peste.

Ti était bien placé pour savoir qu'il y avait beaucoup de faux dans cette déclaration. Il essaya une autre tactique.

— Dans ce cas, la coupable ne peut être que ton amante : cette petite menteuse de Mlle Tchou. Je sais pertinemment qu'elle t'a accordé tout ce qu'une femme est censée garder pour son mari.

— Ce n'est pas une preuve !

— Insolent ! clama Hong Liang en brandissant son gourdin.

Ti arrêta le geste de son sergent.

— J'en aurai bientôt ! Je vais cuisiner cette vipère et, crois-moi, elle avouera son forfait. Je l'ai toujours trouvée duplice. Elle peut tromper ses parents, mais non la clairvoyance d'un fonctionnaire impérial à l'œil exercé. Je sais d'expérience que l'audace des jeunes filles dévoyées ne connaît plus de bornes. Elles sont capables du pire. Tout me porte à penser qu'elle est la coupable que je recherche.

– J'implore Votre Excellence ! C'est une fille délicieuse, innocente comme le bourgeon du prunier, incapable de faire le mal !

– Tais-toi ! Plus tu la défends, plus je me convaincs que tu es son complice ! Avoue ou retire-toi !

Le jardinier hésita, s'inclina et sortit. Ti ôta son bonnet noir à oreilles horizontales et s'épongea le front. Il était las. Se battre contre cette nuée de mensonges l'exténuait. Il remit au lendemain l'interrogatoire de la demoiselle. Cette triple séance l'avait épuisé.

Il décida de se rendre aux cuisines pour voir s'il s'y trouvait quelque chose de comestible, susceptible de lui rendre ses forces sans l'écœurer. Au point où il en était, il pouvait se permettre d'aller se servir lui-même. Peut-être en profiterait-il pour réviser les menus : les concoctions de ce moine conduiraient n'importe qui à une lente décrépitude. Il ordonna au sergent de le suivre pour porter les plats.

Leur cher cuistot était en train de frapper avec force sur un aliment qu'il maintenait tant bien que mal sur son plan de travail. Ti s'efforça de ne pas regarder ; il lui fallait conserver jusqu'au déjeuner ce qu'il restait de son appétit. Pendant que le sergent Hong sélectionnait quelques gâteaux au miel qui devaient être à peu près digestes, son maître jeta un coup d'œil à la pièce.

– Qu'y a-t-il derrière cette porte ?

– Une annexe, répondit le moine, absorbé par sa tâche.

« Essaye-t-il d'amollir un morceau de viande ? » pensa le juge avec une lueur d'espoir. Mais non : ce bouddhiste était végétarien. Nulle chair à quatre pattes ne pénétrait dans son antre.

Ti essaya de pousser la porte de l'annexe.

– Ouvrez-moi ça, ordonna-t-il en espérant ne pas découvrir un saloir répugnant ou quelque chose de pire.

Le moine tira une clé d'une boîte en bois et déverrouilla la serrure. La pièce était obscure. Hong Liang releva le store qui masquait la fenêtre. Devant une immense cheminée trônaient des moules oblongs, des piques, des pinces et des seaux d'eau. « On dirait une salle de torture, se dit le juge avec inquiétude. Se serait-on livré ici à des horreurs dignes des envahisseurs Di[1] ? » En observant mieux, il comprit qu'il était dans un atelier de fondeur. Des traces dorées étaient encore visibles sur les rebords des moules. Il venait de découvrir l'endroit où avaient été conçus les sabots d'or ramassés sur le corps de la servante. Il se tourna vers le moine et désigna l'attirail.

– De mieux en mieux ! Vous ne vous contentez pas d'assaisonner les légumes blets ! Vous fabriquez des lingots de contrebande ! J'aurai tout vu !

Le moine bredouilla qu'il n'y comprenait rien. Le sergent leva le gourdin dont il ne se séparait plus.

– N'offense pas ton magistrat avec tes mensonges ! Ou il t'en cuira !

1. Nom générique des peuples barbares du Nord.

Le cuisinier se mit à genoux et jura que ce matériel était là avant son arrivée. Il n'avait d'ailleurs pas compris à quoi cela pouvait bien servir et n'entrait jamais dans cette pièce. Il était assez occupé par « la confection des mets raffinés qu'il mitonnait avec abnégation pour Son Excellence ».

À l'évocation des repas en question, le juge fut tenté de l'inculper pour sévices délibérés envers un magistrat. Hong, lui, avait envie de le bourrer de coups, rien que pour lui apprendre l'art culinaire. Ti l'arrêta de la main.

— Mon humeur est à la mansuétude. Je veux bien réserver mon opinion en attendant d'avoir vérifié vos allégations.

« Et puis, songea-t-il, une carpe mal cuite vaut mieux que pas de carpe du tout. »

Le moine se traîna sur le sol pour lui embrasser les pieds, ce qui conforta le juge Ti dans l'idée que cet homme était un malpropre.

— Votre Excellence est bien bonne envers ce scélérat, grogna Hong Liang, une fois dans le couloir. Rien que le dîner d'hier aurait dû lui valoir les mines de sel.

Ti lui demanda s'il avait l'intention de préparer chaque jour la nourriture pour neuf personnes. Dans le cas contraire, mieux valait laisser le bénéfice du doute à cette cheville ouvrière de leur modeste confort. Le sergent Hong n'en était pas moins anxieux.

— Mais, Noble Juge... Vous avez parlé d'empoisonnement... C'est notre cuisinier... Je vais avoir du mal à avaler le déjeuner ! se lamenta-t-il en rattrapant son maître, qui traversait le corridor à grandes enjambées.

Le gong de l'entrée résonna. Le juge, estimant qu'il ne pouvait plus faire confiance à quiconque, alla voir en personne quel aventurier osait encore se présenter à la porte d'un château plein de spectres et de filous.

Le majordome venait d'ouvrir à la nonne, celle-là même que le vieux M. Tchou était allé voir en ville. Il avait manqué son jour de visite ; inquiète pour sa santé, elle avait fait le déplacement.

– J'ai failli ne pas arriver jusqu'ici, se plaignit-elle. Ma barque a manqué se renverser dix fois, et le courant, devant votre portail, est de plus en plus fort. Vous finirez par être coupés du village.

« Il ne manquerait plus que cela ! se dit le juge. Enfermé avec ces déments, que pourrait-il arriver de pire ? Je n'aurais plus qu'à devenir fou à mon tour. »

– Vous avez fait preuve d'un grand courage, répondit-il.

– D'une grande inconscience, reprit le majordome, une expression réprobatrice sur le visage. Vous devriez vous en retourner pendant qu'il en est temps. M. Tchou va très bien. Avec ces événements, nous avons simplement oublié son jour de sortie. Veuillez nous pardonner. De toute façon, la crue ne permet vraiment plus de le conduire en ville dans des conditions acceptables.

– Je comprends, dit la nonne, moins rassurée que déçue. Puisque je suis là, j'aimerais le saluer.

Song s'effaça à contrecœur pour la laisser entrer. Il l'introduisit dans un salon et alla chercher le vieil homme. Ti resta tenir compagnie à la religieuse, qui s'assit sur un pouf bien rembourré. Il y eut un silence qui les mit mal à l'aise l'un et l'autre.

— Cette grande maison paraît bien vide, dit-elle enfin. On voit que la plupart des domestiques ont été envoyés à la campagne. Cela manque cruellement de vie. Quelle catastrophe, cette montée des eaux ! Et ces crimes ! Et cette épidémie, dont on parle de plus en plus ! Les habitants de notre ville sont frappés de stupeur.

— Gageons que cela ne durera plus très longtemps, répondit aimablement le juge.

— Oh ! Je prie toute la journée, dit la nonne. Bouddha finira bien par entendre mes supplices.

— L'intercession d'une personne de votre piété ne saurait être inefficace, approuva le juge.

La conversation retomba comme une feuille morte.

— J'aurais cru que dame Grâce viendrait me saluer. Est-elle indisposée ?

— L'inondation l'inquiète terriblement, répondit le juge, quoique, à son avis, la perspective d'une conversation fastidieuse avec la vieille bigote ait été le motif de son absence.

Le majordome leur amena l'aîné des Tchou.

— Mes maîtres vous prient de les excuser, annonça Song, ils se sentent fiévreux et seraient au regret de vous contaminer. Ils auront plaisir à vous voir dès qu'ils seront guéris.

— Je prierai pour eux, assura la religieuse avec une moue pincée.

Elle fut convaincue qu'ils craignaient plutôt de se contaminer à son contact, et non l'inverse. Elle se tourna vers Tchou Li-peng.

— Ne vous ayant pas vu, j'étais affreusement soucieuse. Je suis heureuse de constater que vous vous portez bien.

– Comment ! s'insurgea le vieillard. Vous voyez bien que je suis mort ! Nous le sommes tous, nous, les Tchou ! Vous êtes aveugle, ma parole ! Dites-le-lui, vous ! lança-t-il au juge Ti.

– Comment pourrais-je dire une chose pareille ? répondit calmement le magistrat.

– Mais parce que c'est vous qui nous avez tués ! s'exclama le vieil homme. Vous ne vous souvenez pas ? Vous avez traîné nos corps à travers les couloirs. Je m'en souviens bien, moi ! Mon âme s'attarde ici au lieu de rejoindre les Sources Jaunes. Laissez-moi reposer en paix.

La nonne fit une mine d'enterrement parfaitement de circonstance. Ti jugea décent de la laisser poursuivre cet échange édifiant en tête à tête avec son vieil ami. Au détour d'un couloir, il rencontra Mlle Tchou et lui apprit qu'ils avaient une visiteuse.

– N'irez-vous pas la voir ?

– Ah, non ! s'exclama la demoiselle. C'est une bavarde, confite en dévotion ! Mes parents ont dû se réfugier à l'autre bout du château. Je vais faire comme eux.

Elle se hâta de disparaître.

Ti guetta le départ de la bonzesse ; vu l'humeur de son bon ami, cela ne pouvait tarder. Il la vit bientôt descendre les marches du perron et se dépêcha de la rejoindre. Elle avait les yeux humides.

– Il devient complètement gâteux, dit-elle.

– Oui, ça ne va pas mieux, répondit le juge. C'est le grand âge.

En fait, il commençait à se demander si le vieil homme, avec ses obsessions morbides, n'avait pas trempé dans les assassinats récents.

Il évoqua la « noyade » de la servante. La religieuse tomba des nues. C'était la première fois qu'elle en entendait parler. Nul n'était allé bavarder au village. Les seigneurs comme leurs serviteurs s'étaient montrés d'une discrétion qui confinait au mutisme.

Comme ils prenaient congé devant le portail, le juge lui conseilla de ne pas trop traîner dans la campagne, ces prochains jours, et de bien verrouiller sa porte : on ne savait jamais, les rôdeurs étaient partout.

– Le Bouddha veille sur moi, répondit-elle. Ma porte n'est jamais fermée. Je suis sereine.

Ti se dit que le Bouddha n'avait guère veillé sur la vie de son bonze de la pagode, qui s'était fait trucider dans l'enceinte même du sanctuaire. Il aurait préféré voir cette nonne un peu moins sereine et un peu plus prudente. Les malheurs s'acharnaient sur les visiteurs de ce château.

Elle s'inclina avec respect et monta dans sa barque, qu'un valet de l'auberge poussa avec peine à travers le courant.

« Et voilà, songea le juge. Il ne manque plus qu'une visite de Mlle Bouton-de-Rose, et nous aurons eu ici toutes les personnalités locales. Viendra-t-elle ? Après les bienheureuses, les femmes perdues : ce serait dans l'ordre des choses. » Sans oser se l'avouer, il aurait préféré cette visite-là.

Il s'en fut chercher dans la bibliothèque un texte assez soporifique pour l'aider à trouver le sommeil et s'endormit, ce soir-là, à la lecture d'une interminable dissertation sur la pensée sublime de Lao-Tseu.

XI

Le juge Ti échappe à un attentat ; une pie lui livre la pièce manquante.

Durant la nuit, le juge Ti rêva qu'on l'enterrait vivant. L'oriflamme rouge avec laquelle on protégeait la tête des défunts pesait sur son visage. Des tombereaux de terre commençaient à le recouvrir. Il se sentait basculer vers le territoire des Sources Jaunes. Il se réveilla en sursaut. La pièce était noire. Il n'arrivait plus à respirer. Un instant suffit pour qu'il se rende à l'évidence : quelqu'un plaquait un coussin sur sa bouche pour l'étouffer.

À force de se débattre, sa main palpa l'ouvrage sur Lao-Tseu qui avait favorisé son sommeil. Le papier était enroulé sur une baguette de bois solide qui dépassait aux deux bouts. Dans un ultime sursaut, il en appliqua un coup vigoureux sur le crâne de son agresseur. La philosophie eut un effet radical : l'assassin fit un bond en arrière. Le magistrat rejeta le coussin et reprit haleine.

Il avait reçu dans sa jeunesse une petite formation aux arts martiaux. Ses enquêtes musclées dans les bas-fonds lui avaient permis de rester en forme et d'appliquer ses connaissances. Il prit la position dite du « tigre furieux » pour s'élancer sur son adversaire. Celui-ci lui envoya son pied dans l'estomac. Le juge Ti adopta la position dite de « l'escargot dans sa coquille » et se recroquevilla en geignant.

Par chance, la porte de l'antichambre s'ouvrit sur un Hong Liang à demi réveillé.

– Votre Excellence a appelé ? demanda le sergent en scrutant l'obscurité.

L'ombre de l'assaillant hésita un instant. Avant que le sergent ait pu comprendre ce qui s'était passé, l'intrus poussa la porte extérieure et disparut sur la coursive. Le serviteur s'élança à sa poursuite, trébucha sur le corps inerte du juge, qu'il n'avait pas vu, s'effondra et se cogna la tête contre un tabouret. Ils restèrent entremêlés pendant une longue minute, le juge continuant de gémir et se tenant le ventre, son sauveur essayant de reprendre ses esprits.

– Bouddha miséricordieux ! s'écria-t-il en découvrant qu'il était allongé sur son maître. Ce misérable vous a blessé ! Laissez-moi vous aider à vous relever ! Où vous a-t-il frappé ?

– Nulle part ! couina le juge Ti. J'ai glissé dans l'obscurité, et ce couard en a profité pour m'échapper.

Le sergent Hong le fit asseoir et alluma une lampe. Quand Ti se fut un peu remis, ils décidèrent que le sergent installerait un lit provisoire dans un angle de la pièce afin de veiller sur son maître.

– Vous verrez, je ferai aussi peu de dérangement que possible.

– Commence par ramasser ton bonnet qui traîne par terre, dit le juge en indiquant le vêtement, tombé près du tabouret.

Hong Liang l'examina un instant et déclara :

– Ce bonnet n'est pas à moi, Noble Juge. Si je l'avais porté, je ne me serais pas tant fait mal au crâne lors de ma chute.

Le juge demanda à voir l'objet. C'était un couvre-chef en coton gris, bien rond. Il en avait vu un semblable sur la tête du jardinier. Soudain fébrile, il pria Hong de l'aider à passer un vêtement plus chaud et, le sergent sur ses talons, courut vers le logement des domestiques. Huit corridors plus tard, il tambourinait à une porte située à côté des communs. Un moine en chemise de nuit lui ouvrit.

– Noble Juge ! s'exclama le cuisinier. Il y a le feu ?

Le magistrat lui demanda où dormait le jardinier. Ils étaient dans un couloir sur lequel ouvraient plusieurs portes obturées par des rideaux.

– Que se passe-t-il ? s'enquit le majordome d'une voix ensommeillée, tandis qu'ils pénétraient dans une petite pièce sombre.

À la lueur de la lampe, ils constatèrent que la chambre, pauvrement meublée, était vide. La natte était repliée. Personne n'avait dormi là depuis la nuit précédente. Nul ne savait où son occupant pouvait se trouver. Ti recommanda, au cas où le jeune homme se présenterait, de venir l'en avertir sur-le-champ, quelle que soit l'heure. Puis il retourna se coucher.

L'agression avait au moins un aspect positif : il connaissait à présent l'identité du coupable des trois meurtres.

Le lendemain, le sergent Hong apporta au juge Ti son brouet matinal et lui apprit que la maison était en ébullition. Le jardinier n'était pas réapparu ; la nouvelle stupéfiait tout le monde. Ti sirota lentement sa soupe *jianjiu jidan* brûlante. Au bout d'un moment, Tchou Tchouo, n'y tenant plus, vint frapper à sa porte.

– Votre serviteur me dit que vous avez été victime d'une agression sauvage ? Sous mon toit ? Permettez-moi de vous présenter mes plus plates excuses pour cet outrage ! Mes ancêtres s'en sont retournés dans leur tombe ! Jamais notre famille n'a connu pareille humiliation ! Rouer de coups un homme sans défense ! Quelle honte pour notre lignée !

– Ne vous mettez pas en peine, répondit le juge. Par bonheur, mes aptitudes au combat m'ont permis de faire fuir mon agresseur. Je l'aurais attrapé s'il ne m'avait fallu secourir mon serviteur, qui a été blessé à la tête. Où croyez-vous qu'il ait pu se réfugier ?

– J'ai fait fouiller tout le domaine dès que j'ai su l'affreux événement, assura Tchou. Hélas, nous n'avons trouvé nulle trace du scélérat. À l'heure qu'il est, il doit être loin. Nous le ferons rechercher par l'armée, quand elle sera disponible.

« C'est ça, pensa le juge. Ou par les lutins de la forêt, avec leurs lampions multicolores, à la saison prochaine. » L'armée mettrait des jours pour envoyer une brigade, si jamais elle envoyait quelqu'un. Les pillards qui infestaient les campagnes dans ces périodes de calamités l'occupaient bien assez. De toute façon, il avait une idée de la cachette que cet homme avait pu choisir : un endroit chauffé, tout proche, où il pouvait être ravitaillé sans difficulté et prévenu d'un éventuel danger.

Il chuchota quelque chose à l'oreille du sergent Hong, qui se munit de son gourdin et quitta la pièce par la coursive. Puis il invita son hôte à le suivre et se rendit tout droit à la chambre de Mlle Tchou par les corridors intérieurs. La porte était close. Il frappa. Point de réponse.

— Ma fille est chez sa mère, lui indiqua le père de famille.

— A-t-elle pour habitude de fermer à clé en son absence ?

Tchou Tchouo n'en savait rien. Le moine et le majordome arrivèrent sur ces entrefaites, attirés par le bruit.

— Enfoncez cette porte ! leur intima le juge. Immédiatement !

Les deux hommes se jetèrent de conserve sur le battant, qui céda avec un craquement bruyant. Ils pénétrèrent dans une jolie chambre décorée de fleurs peintes. Une robe mauve traînait sur une chaise. La porte de la coursive était grande ouverte. Il y eut un cri à l'extérieur.

— Vite ! dit le juge. Suivez-moi !

Le sergent Hong se tenait sur la promenade couverte, son gourdin à la main. Le jardinier était à ses pieds et se massait le haut du crâne. Le moine et le majordome le traînèrent à l'intérieur et le forcèrent à s'agenouiller devant le magistrat.

— Cette nuit, dit ce dernier, tu as attenté à mes jours. Ne nie pas : ton bonnet t'accuse. Je t'ordonne de me dire le motif de cet acte impardonnable.

– J'ai voulu sauver Mlle Tchou, répondit le jeune homme, la tête baissée. Vous l'aviez accusée de meurtre en ma présence. Je ne pouvais la laisser courir ce péril.

Tchou Tchouo s'emporta, s'empourpra, agita les bras : on aurait juré l'un de ces pères outragés du théâtre populaire.

– Sauver ma fille, misérable ? Avait-elle donc besoin d'être sauvée ? Que te soucies-tu de ma chère enfant ? Tu ne devrais pas même lever les yeux à son passage ! Larve putride ! Répugnant cloporte ! Déchet de l'humanité !

Le sergent Hong donna au prisonnier un coup sur l'épaule.

– Sais-tu qu'un attentat sur la personne d'un fonctionnaire impérial est un crime passible d'une mort atroce ? Implore la pitié de ton magistrat pour qu'il t'épargne la torture et te condamne à une simple décapitation !

– Tu as voulu sauver Mlle Tchou ? répéta le juge Ti. Tu la crois donc coupable ?

Le jardinier se mit à bredouiller. Tchou Tchouo suffoquait en répétant :

– Coupable ! Coupable ! Abominable vermisseau ! Il la croyait coupable ! Comment oses-tu émettre un avis sur la pureté de ma fille chérie ?

Le juge Ti avait son opinion sur la pureté en question. Il fit ligoter le prisonnier et recommanda de l'enfermer dans une pièce sans fenêtre, pourvue d'une serrure plus solide que celle de cette chambre. On le mit au garde-manger.

Dame Grâce, les yeux ronds, parut sur le seuil de l'appartement, suivie de sa fille. Le juge demanda à cette dernière si elle savait que le jardinier s'était réfugié dans sa chambre. Tchou Tchouo éructa :

– Mais non ! Comment voulez-vous qu'elle l'ait su ! La pauvre enfant a failli se faire tuer par cet ignoble pourceau ! À qui se fier, je vous le demande !

Il était impossible au juge Ti de déclarer à cet idiot que sa chère enfant entretenait une liaison avec le domestique. Cela pouvait se dire, à la rigueur, dans l'enceinte de la salle d'audience. Mais, dans sa propre maison, une telle révélation aurait été une insulte pure et simple. La demoiselle eut beau jeu de déclarer qu'elle n'en savait rien, que cet homme avait dû entrer par l'extérieur alors qu'elle aidait sa mère à se coiffer.

– Voilà une enquête rondement menée, Noble Juge, dit Hong Liang, tandis qu'ils retournaient à leurs appartements. Il n'y a plus qu'à organiser le transfert de ce meurtrier à la cour de justice la plus proche.

Ti restait soucieux. Il s'assit face au lac pour méditer. À bien y repenser, il ne pouvait croire qu'il tenait là l'assassin qui, de sang-froid, avec habileté et discrétion, avait expédié trois personnes dans l'autre monde en quelques jours. Cela ne ressemblait pas à la nature bouillante et enthousiaste du jeune homme. Qu'il ait voulu faire un mauvais sort à un magistrat qui menaçait sa maîtresse, ça oui. Mais les autres victimes ? Pourquoi massacrer tout ce monde et continuer de servir au château comme si de rien n'était ? Il aurait eu mille occasions de fuir. Il aurait fallu qu'il soit fou… mais lui, au moins, n'en avait pas l'air. Autant tout un chacun ici semblait louche, autant le principal suspect n'avait pas l'étoffe nécessaire. C'était à se taper la tête contre les murs. « Comme tout serait facile si je n'étais pas si exigeant avec moi-même, se lamenta le juge. L'homme est son propre bourreau. Il se contraint à un idéal d'excellence inatteignable, c'est la souffrance de toute vie. La médiocrité est un refuge. » Il songea presque avec envie à cet imbécile de Tchou, qui trouvait dans la boisson de quoi étouffer le peu de hauteur que possédait encore son esprit imbibé. Tous les hommes n'avaient pas la chance d'être stupides et faibles, c'était là leur malheur.

L'assassin, lui, devait être intelligent. Mais nul ne saurait être parfait : il avait forcément aussi un point faible... Il lui incombait, à lui, représentant du Fils du Ciel, de découvrir cette faille et de s'appuyer sur elle pour le débusquer.

Alors qu'il soupirait à la pensée de cette responsabilité, un épouvantable craquement retentit. Hong et lui bondirent sur la coursive, bientôt rejoints par l'ensemble de la maisonnée.

– C'est un pilier qui s'est fendu ! expliqua le majordome en désignant l'un des supports du bâtiment presque englouti.

– Le lac a encore monté, nota Tchou Tchouo avec inquiétude.

– Cela s'est déjà produit, sans doute ? demanda le juge. Je suppose que le niveau n'a jamais atteint la cote d'alerte ?

– Euh... non, répondit le maître de maison avec une hésitation. Mais je ne peux rien garantir... Notre demeure est vieille d'un siècle, tout au plus. Qui sait ce qui peut se produire en des circonstances vraiment exceptionnelles ? Mon père nous a toujours assuré qu'un tel phénomène était impensable. Mais aujourd'hui…

La solidité de son domaine n'était plus certaine. « Il n'y a pas que le pilier qui se fissure, pensa le juge Ti : il y a aussi la foi de cet homme en l'indéfectible protection de la déesse. »

Le gros moine revint du portail, essoufflé. Un fort courant passait devant le parc : on ne pouvait plus traverser sans risquer d'être emporté. La crue de la rivière avait fini de les isoler.

Les habitants du château se jetèrent des coups d'œil en coin. L'ambiance tournait déjà au huis clos forcé. Non que leur situation ait été très différente auparavant : le juge n'était guère sorti du domaine lorsqu'il en avait encore la possibilité. Mais l'aspect obligatoire de la réclusion changeait leur façon de se regarder les uns les autres. Le juge se surprit à éprouver de l'agacement dès qu'un de ses hôtes ouvrait la bouche. Les impertinences de Mlle Tchou, la superficialité de la mère, l'ivrognerie du père et même l'insouciance du petit frère lui devenaient insupportables. Eux-mêmes se heurtaient pour un rien. L'atmosphère était tendue. Même Hong Liang se permit de faire remarquer à son maître qu'il en avait assez de ranger derrière lui dix fois par jour : insolence inimaginable en temps normal, il osa le prier humblement de bien vouloir réunir ses vêtements sur un coffre lorsqu'il se changeait. Le juge lui pardonna au nom des trois générations de Hong qui avaient servi sa famille, mais il se promit d'y mettre bon ordre dès que la situation se serait éclaircie.

À présent que la servante était morte et le jardinier enfermé, le problème du service, et particulièrement celui des repas, se posait avec une nouvelle acuité. Le juge Ti proposa aux Tchou de leur prêter Hong Liang pour aider aux cuisines. D'une part, cela lui remettrait les idées en place, d'autre part, Ti n'était pas mécontent d'avoir un homme à lui pour veiller à la composition des plats, au cas où ce moine aurait été leur assassin. Le majordome se chargerait seul de leur apporter les mets, ce qu'il fit avec les gestes d'un homme harassé de travail.

Le juge Ti tâchait de digérer les fritures grasses du cuisinier en s'absorbant dans la lecture de quelques *teou-fang*[1]. Son attention fut attirée par un oiseau qui venait de se poser sur la rambarde de la coursive. C'était une pie. Elle tenait dans son bec un objet brillant. S'étant approché discrètement de la fenêtre, le magistrat vit qu'il s'agissait d'une broche ornée de pierres précieuses. Il voulut la saisir, mais l'oiseau, plus prompt, ouvrit ses ailes et s'envola avec son larcin.

Ti réclama l'aide de son serviteur. Les deux hommes pourchassèrent la pie dans le parc avec l'espoir de découvrir son nid. Depuis le château, les Tchou les virent parcourir les allées, le nez en l'air, l'œil aux aguets, comme deux fous échappés d'un asile. Ils en conclurent que leurs invités commençaient à perdre la tête, ce qui n'était pas une mauvaise nouvelle.

---

1. Papier carré sur lequel les lettrés écrivaient des poèmes ou peignaient des tableaux.

Hong Liang poussa un cri : il venait d'apercevoir leur cible sur une branche, en haut d'un arbre. Son repaire était là.

– Hâte-toi de grimper ! ordonna le juge tandis que son serviteur évaluait la hauteur avec une angoisse croissante.

Il monta tant bien que mal, en regimbant, et finit par atteindre la branche en question. La pie s'était enfuie à l'approche de l'intrus, mais elle avait laissé ses prises de guerre. Hong Liang enfouit la breloque dans sa manche et tenta une descente encore plus hasardeuse que la montée. Ayant raté plusieurs étapes, il atterrit sur les fesses, devant un juge Ti qui tendait déjà la main pour recevoir le butin.

– Comme c'est curieux, murmura le mandarin en examinant l'objet.

Il ne s'agissait pas d'un banal colifichet pour dame. Le bijou était faux. Il était grossièrement imité, conçu pour être voyant. Il pouvait faire de l'effet à condition de s'en tenir éloigné, dans une lumière faible... C'était un accessoire de théâtre !

– Où est cette pie ? demanda-t-il soudain, très excité. Il me faut cet oiseau ! Où est-il passé ?

Il repartit à sa recherche pendant que Hong Liang, indisponible, se massait l'arrière-train. Au bout d'une demi-heure, Ti avisa une pie qui avait l'air d'être la sienne. Il la suivit des yeux, d'arbre en arbre... si bien qu'il finit par se cogner à un amoncellement de branchages qu'il n'avait pas vu, tout occupé qu'il était à ne pas perdre son guide. Le volatile s'était perché au sommet du tas de bois, qu'il fouissait du bec avec acharnement.

« Que peut-elle bien chercher ? » se demanda-t-il. Il entreprit d'escalader cette meule. À son faîte, là où l'oiseau avait fouillé, il eut la surprise de découvrir, sous les branchages, une bâche trouée, à travers laquelle il entrevit nettement un coffret à bijoux ouvert, rempli d'autres articles brillants, bagues, colliers, qui avaient excité la convoitise de l'animal. Il entreprit de rejeter les branches et constata que le tas de bois était un habile camouflage. Ti se tenait sur une charrette bâchée. À force de déblayer, il mit au jour un fatras d'ustensiles, d'étoffes, un bric-à-brac d'objets hétéroclites. Ce véhicule lui rappelait quelque chose. Il l'avait vu dans la cour de l'auberge. C'était celui de ces comédiens partis glaner de l'emploi de porte en porte ! C'étaient leurs accessoires qu'il avait entre les mains ! Que faisait donc ce chariot dans le parc ? Avaient-ils été victimes du mystérieux assassin, comme le représentant en soie ?

Pis encore, en fouillant, le juge Ti tomba sur de curieux articles qui jetèrent un jour nouveau sur la nature de ses hallucinations nocturnes : tête de carpe stylisée en carton peint, feux de Bengale, diadème, queue de sirène en tissu brodé... Il y avait là tout le nécessaire pour faire voguer la déesse du lac sur un poisson géant, entourée de feux follets ! Il avait suffi, à la faveur du brouillard et de l'obscurité, de poser cette tête en papier mâché à la proue d'une petite barque et de planter les bâtonnets lumineux tout du long... L'éloignement, la nuit et l'imagination avaient fait le reste. Comme il se sentait bête de ne pas y avoir pensé plus tôt ! La lumière jaillissait enfin. Elle était aveuglante.

Tchou Tchouo avait guetté pendant un bon moment le retour du magistrat. Quand ce dernier eut gravi les marches, son hôte vint à sa rencontre pour lui demander avec une anxiété mal dissimulée s'il avait découvert quelque chose d'intéressant.

— Je ne suis pas mécontent de moi, répondit Ti. Je ne vous en dis pas plus, mais... attendez-vous à un coup de théâtre !

Il s'éloigna avec un petit rire qui mit le maître de maison fort mal à l'aise.

XII

Le juge Ti recueille des aveux surprenants ; une famille disparaît.

Le juge Ti s'enferma dans sa chambre pour faire le point. La conclusion à laquelle il était parvenu était tellement absurde ! Mais, une fois mis à plat tous les événements de son séjour, elle paraissait limpide, indiscutable, simplissime ! S'il songeait au côté irréel de sa situation, aux expressions changeantes ou fausses de ses hôtes, aux frasques sexuelles de l'une, aux avatars de l'autre, à cette infinité de détails qui ne collaient pas... la solution devenait évidente.

Le gong du dîner résonna. Le juge ôta sa robe et en passa une autre, noire et damassée, sans se presser. Ses commensaux savaient pertinemment que le clou du repas ne serait pas dans les assiettes : ce serait lui et lui seul. S'ils avaient deux sous de bon sens, ils devaient espérer et redouter ce qui allait se produire.

Effectivement, lorsqu'il arriva dans la salle à manger, les Tchou se tenaient de part et d'autre de la table, figés comme des statuettes de terre cuite émaillée. Nul n'avait touché ses baguettes, pas même le petit garçon. Tous le fixaient avec des yeux où se lisait de l'appréhension. Dame Grâce, dans un ultime effort pour donner à leur situation un tour de normalité, remplit le bol du juge avec des morceaux de poisson baignant dans l'huile.

– Merci, dit-il.

Sans accorder un regard à cette macération de couleur verte, il envoya le tout contre le mur, où le bol explosa. « Voilà beau temps que j'aurais dû faire ça ! » pensa-t-il avec un soulagement inattendu.

– Vous m'avez trompé, leur assena-t-il froidement en s'asseyant. Depuis le premier jour. Je ne suis pas content du tout.

Il parlait d'une voix calme et posée, mais ses mots faisaient autant d'effet que s'il les avait hurlés à leurs oreilles. Ils le regardaient à présent avec horreur, comme des fantômes qui se seraient crus vivants jusqu'au moment où un mortel leur aurait appris leur état. Leurs visages se décomposaient. Les masques tombaient. Mme Tchou eut une expression amère. Son mari quittait peu à peu son air de grand seigneur pour s'avachir, les épaules voûtées, la tête rentrée dans le cou. La fierté de sa fille était devenue de la provocation vulgaire. Le petit frère n'avait plus l'attitude d'un enfant dissipé, mais celle d'un gamin des rues sans éducation. Le juge comprit que c'était son regard à lui qui avait changé : le voile qui obscurcissait ses yeux s'était déchiré.

– Que faites-vous ici ? demanda-t-il. Comment avez-vous pris possession de cette demeure ?

Tchou Tchouo, feignant de n'avoir pas compris, récita sa tirade ultime :

— Mes ancêtres l'ont bâtie voilà un siècle, et... commença-t-il d'une voix mal assurée.

— Balivernes ! le coupa le juge. Cessez vos mensonges ridicules ! Vos ancêtres étaient des bateleurs, comme vous ! Comment avez-vous espéré faire illusion ne serait-ce qu'un instant ? Comment avez-vous pu espérer me duper, moi, un fonctionnaire du Dragon ?

— Il me semble que pourtant... dit d'une petite voix Mme Tchou.

— J'ai pu être abusé les premiers temps, à la faveur de la confusion générale... Mais aujourd'hui j'ai repris mes esprits et la réalité m'apparaît dans sa crudité !

Il jeta devant dame Grâce la breloque aux brillants.

— Je vous rends ce qui vous appartient. Vous n'êtes pas plus les châtelains de ce lac que cette broche n'est sertie de diamants. Tout ici est controuvé depuis le début. Vous m'avez menti sans relâche.

Les Tchou semblaient avoir perdu la parole.

— Je vais vous traîner au tribunal le plus proche dès que la rivière sera praticable. En attendant, vous croupirez dans une geôle à Lo-p'ou. Usurpation d'identité ! Insulte à magistrat ! Et sans doute pire encore ! Il y a dix fois de quoi vous condamner à la servitude.

Les Tchou se levèrent, livides comme des noyés.

— N'espérez pas m'échapper ! prévint le juge. Nous sommes bloqués par la montée des eaux !

Vous n'iriez pas loin ! Et si vous tentiez quoi que ce soit sur ma personne, sachez que l'administration impériale vous débusquerait où que vous vous cachiez !

M. et Mme Tchou vinrent s'agenouiller devant lui, imités par leurs enfants. Ils le firent avec beaucoup de grâce, comme un roi et une reine de tragédie s'humiliant devant leur vainqueur. Ils frappèrent le sol de leur front pour implorer sa clémence. Ti répondit qu'il ne pouvait en être question, il leur ordonna de répondre à ses interrogations avec précision et sincérité. Comment de petits acteurs ambulants avaient-ils pu s'installer dans une demeure patricienne, et dans quel but ?

— Notre sort, commença Tchou Tchouo, n'a cessé de décliner depuis le début de ces pluies diluviennes. Lorsque nous sommes arrivés à Lo-p'ou, nous étions aux abois. Les spectacles en plein air étaient impossibles, les foires et marchés suspendus, personne n'avait plus la tête à rire de nos cabrioles ni à pleurer à nos saynètes. Nous cherchions désespérément un engagement pour une représentation à caractère religieux lorsque nous fûmes abordés par le majordome de ce château, qui avait remarqué nos allées et venues à travers la ville.

— Je devine ce qu'il vous a proposé, dit le juge. Il vous a dit que vous n'aviez qu'à prendre la place de ses maîtres pour attendre au chaud la fin des crues, avec en prime un bon pécule.

— Oui, Noble Juge.

— Parce que ses maîtres étaient partis à la campagne et qu'il n'y avait plus que lui pour veiller sur leur fortune.

– Non, Noble Juge.

– Comment, non ? s'insurgea le magistrat. Où sont-ils, dans ce cas ?

Les mots eurent du mal à franchir les lèvres de Tchou Tchouo. Ce fut sa femme qui répondit sans lever la tête :

– Ils sont morts, Noble Juge. Ils étaient morts plusieurs jours avant notre arrivée, ils ont attrapé les fièvres, dès le début de l'épidémie, comme les quelques serviteurs qu'ils avaient gardés auprès d'eux. Le majordome fut malade aussi, mais il en réchappa. C'est alors que l'idée lui vint de profiter de la situation. Mais la crue, en s'aggravant, l'empêcha de fuir avec le magot. Aussi nous proposa-t-il de jouer le rôle de ses maîtres, de loin, pour faire croire aux villageois que rien n'avait changé.

– Je ne comprends pas, dit le juge. Si vous ne pouviez vous montrer sans être découverts, à quoi lui serviez-vous ?

– Pardonnez-moi, Noble Juge, dit Mlle Tchou, mais vous êtes la preuve vivante que le stratagème était efficace. Sans nous, l'absence des maîtres de maison aurait été découverte beaucoup plus tôt. Et sans votre incroyable sagacité, jamais nous n'aurions été percés à jour.

Ti dut bien convenir qu'elle n'avait pas tort, sa sagacité était en effet remarquable.

– Par ailleurs, reprit Tchou Tchouo, ce n'était qu'un demi-mensonge.

– Mais oui ! s'exclama le juge Ti. Comment avez-vous réussi à faire passer l'un des vôtres pour le vieux M. Tchou ? Pour le promener chez des gens qui le connaissent depuis toujours ? Voilà donc pourquoi cet acteur de seconde zone tient des propos incohérents !

Dame Grâce haussa le sourcil à l'expression « acteur de seconde zone ».

– Nous avons trouvé mieux que cela pour tenir le rôle, dit-elle.

– C'est que ce vieil homme, reprit son mari… est réellement le père du défunt M. Tchou. Il est le seul à avoir survécu à l'épidémie. Cela nous a permis de l'exhiber une fois par décade, comme à son habitude, afin de conforter les habitants dans l'idée que tout allait bien. Il pouvait leur dire ce qu'il voulait : personne ne prenait plus garde à ses radotages depuis longtemps.

« C'est diabolique ! » se dit le juge en posant une main sur son front. Ce pauvre vieux monsieur n'avait pas cessé de dire la vérité, à sa manière, en prétendant que toute sa famille était morte ! Mais il criait dans le désert ! Seule sa sénescence lui avait permis de supporter ce drame, et la présence des intrus s'était confondue avec ses hallucinations. Tout s'imbriquait parfaitement. Cela aurait pu continuer ainsi l'année entière.

– Et les meurtres ? demanda-t-il. Quelle place prenaient-ils dans votre plan ?

Les Tchou se récrièrent.

– Nous n'y sommes pour rien ! Nous ne sommes que d'humbles acteurs innocents, engagés pour jouer une comédie familiale. Nous ne sommes que des copies dont les originaux ont péri, des doublures, rien de plus ! Nous supplions Votre Excellence de nous croire sur parole.

« La parole de fieffés menteurs ! compléta le juge en son for intérieur. Il me faudrait une conscience

de bodhisattva[1] pour porter foi à leur discours. »
Il voulut savoir combien le majordome leur avait promis pour leur prestation. Ils avaient reçu un lingot d'or et en espéraient un second pour la fin de la représentation. Mais, depuis qu'ils avaient vu le trésor trouvé sur le cadavre de leur mère, ils avaient compris que cela n'était rien. Cet homme était assis sur une montagne d'or. Non seulement ils avaient joué de mauvais rôles, mais ils l'avaient fait pour un pourboire !

– Jusqu'à quand cette mascarade devait-elle durer ? demanda Ti.

Leur employeur souhaitait qu'ils perpétuent l'illusion jusqu'à la fête de la Perle. Mais maintenant que leur mère avait été assassinée, ils étaient transis de peur. C'est pourquoi ils avaient tenté de s'enfuir.

« Sans oublier d'emporter l'argent », se dit le juge. Tout cela était clair. Restait la question des meurtres : ils étaient liés à leur supercherie, mais de quelle façon ? Le juge demanda dans quelles circonstances ils avaient fait la connaissance du représentant en soie. Dame Grâce baissa le nez. Son mari prit la parole.

– C'est ma femme qui l'a rencontré, dit-il sur un ton de reproche. Tout cela est sa faute.

– Je n'avais plus rien à me mettre ! protesta-t-elle. La garde-robe de Mme Tchou n'est pas du tout à ma taille ! Quand Ho Kai, qui jouait le rôle de notre jardinier, m'a avertie qu'un démarcheur itinérant était à la porte, je n'ai pas résisté. Le majordome était en ville, je n'ai pas cru devoir me priver de ce

---

1. Saint du bouddhisme.

petit plaisir. À quoi sert de vivre dans un palais si on ne peut même pas porter une jolie robe ? D'ailleurs, l'entrevue s'est parfaitement bien passée. Je lui ai acheté de quoi confectionner ce dont j'avais besoin. Puis le majordome est arrivé et l'a raccompagné. Je n'ai vraiment aucun rapport avec sa noyade !

Le juge Ti resta pensif.

– J'ai vu votre charrette dans la cour de l'auberge. Avant de venir ici, vous avez couché à l'auberge, n'est-ce pas ?

– Nous y avons passé trois nuits, Noble Juge.

Il était donc probable que le représentant les y ait remarqués ; et particulièrement les dames.

– N'aviez-vous jamais vu cet homme ? demanda-t-il sur un ton inquisiteur.

Dame Grâce parut embarrassée.

– Eh bien, confessa-t-elle, si j'avais su de qui il s'agissait, je ne l'aurais pas reçu. Je me suis souvenue tout à coup, à la fin de l'entretien, l'avoir aperçu au Héron-Argenté. Nous avions pris un repas dans la salle commune en sa présence. Je n'avais guère prêté attention à lui.

Et voilà comme on perd un homme ! Le représentant n'avait rien laissé paraître lors de l'entrevue commerciale avec la pseudo-Mme Tchou, alors qu'il était tout à sa transaction. Mais, tandis que le majordome le raccompagnait, il avait dû poser des questions, se montrer suspicieux. La ressemblance de la châtelaine avec l'actrice avait dû le laisser perplexe, surtout après avoir été introduit par le « jardinier », autre membre de la troupe... et peut-être avait-il aperçu un troisième acteur, par exemple le garçonnet jouant dans le parc, ou la servante en train de faire le ménage ! Le juge imaginait assez bien sa stupéfaction en comprenant tout à coup l'imposture, et le majordome lisant sur sa figure que tout était perdu. Il était plausible que ce serviteur perfide ait alors décidé d'éliminer un témoin gênant. Il avait saisi une branche morte, roué de coups sa victime et poussé le corps dans le courant de la crue. Il ignorait qu'il avait frappé si fort que sa victime était morte avant de tomber à l'eau, et que ses poumons étaient restés pleins d'air. Il ignorait surtout qu'un magistrat impérial à qui rien n'échappe était descendu à l'auberge. Il ignorait enfin que l'âme du défunt allait trouver assez de force dans sa volonté de vengeance pour guider la dépouille vers ce fonctionnaire perspicace.

Le juge Ti s'étonna qu'après avoir appris le meurtre du représentant en soie, commis pour ainsi dire à leur porte, ils ne se soient pas inquiétés de la tournure prise par les événements. M. et Mme Tchou gardaient la tête baissée. L'appât du gain, à cette date, avait été le plus fort.

— Moi, j'ai tenté quelque chose, dit Mlle Tchou avec une pointe d'arrogance.

— Toi ? s'étonna son père. Qu'as-tu donc fait, ma pauvre ?

Elle n'avait jamais eu confiance en ce majordome capable de remplacer ses maîtres par les premiers venus pour les voler après leur mort. Il n'avait pas de moralité, il leur parlait avec dureté et sa conduite était douteuse : il rôdait la nuit dans le domaine, à faire on ne savait quoi. Elle avait décidé de l'influencer. Puisqu'il allait fréquemment honorer la déesse, dans la pagode au fond du parc, elle avait supposé qu'il était de nature superstitieuse. Elle avait misé sur sa crédulité pour protéger les siens. Elle avait gratté le dos de la statue pour en extraire des paillettes dorées. Une nuit, elle avait posté son petit frère sur une poutre du toit. Elle avait allumé une bougie et s'était cachée à l'extérieur du pavillon, dans le dos de l'effigie sacrée. Quand le majordome était entré, attiré par la lumière, elle avait prêté sa voix à la déesse, en la rendant méconnaissable comme elle avait appris à le faire pour leurs spectacles.

Dans l'atmosphère fantomatique de la nuit, à la lueur oscillante de la bougie, Song avait cru que c'était la statue qui lui parlait. Elle lui avait ordonné de respecter sa mansuétude et lui avait interdit de toucher à un cheveu de la famille qui habitait le château. Puis le petit garçon avait vidé le sac de paillettes, pour compléter l'effet par une pluie dorée.

– Comme dans le conte de la princesse Palourde ! s'exclama son père. Tu lui as donné une représentation privée !

– Oui, père, répondit Mlle Tchou, non sans fierté. J'ai utilisé notre art pour m'assurer que cet homme louche ne s'en prendrait pas à nous. Un tel personnage est prêt à tout pour s'enrichir.

Ses parents étaient abasourdis. En observant la jeune fille, le juge Ti se dit qu'elle n'avait pas seize ans, comme on le lui avait affirmé à son arrivée. Ce devait être l'âge de la véritable Mlle Tchou. À présent qu'elle ne jouait plus son rôle d'adolescente effarouchée, elle en paraissait plutôt vingt-deux, ce qui expliquait son assurance.

– Et cela a fonctionné ? demanda sa mère.

– Jusqu'à un certain point… dit la fausse Mlle Tchou. Pour marquer le coup, j'ai eu l'idée d'aller encore plus loin, une autre nuit. J'ai utilisé des artifices de nos spectacles. Avec une tête de poisson en carton-pâte, une queue en tissu, des feux de Bengale et la tiare de la princesse Li Gan, j'ai transformé une petite barque en carpe enchantée. Un soir où il y avait de la brume, je lui suis apparue en déesse du lac. Mon frère, recouvert d'une cape noire, ramait à côté de moi. Là encore, cet affreux bonhomme a paru impressionné. Mon apparition l'a fasciné. Hélas...

Elle réprima un sanglot. Le juge Ti devina sa pensée.

— Hélas, ça ne l'a pas empêché de faire un mauvais sort à votre grand-mère, conclut-il.

Mlle Tchou acquiesça du menton. Ses parents bondirent.

— Croyez-vous que cet immonde rapace soit pour quelque chose dans le décès de notre mère vénérée ?

Le juge Ti lissa lentement sa longue barbe noire.

— C'est fort possible. Pensez-vous que votre moine-cuisinier, ou votre comparse le « jardinier »...

— En aucune façon ! s'écria Tchou Tchouo. Nous parcourons les routes ensemble depuis des années. Ma belle-mère avait son caractère, nous nous disputions souvent. Mais jamais aucun d'eux n'aurait touché à un cheveu de sa tête !

« Et puis il y a ces lingots trouvés sur elle... songea le juge. Les vieilles personnes ont souvent le sommeil léger, et même des insomnies. Elle a très bien pu surprendre le majordome alors qu'il se livrait à des transports de fonds. Cela expliquerait son visage radieux la dernière fois que j'ai discuté avec elle. Elle aura voulu lui voler une partie de son trésor, et il l'aura lestée avec son propre butin… Il faudrait savoir où se trouve la cachette… »

Il était primordial qu'ils continuent à tenir leurs rôles, en attendant d'y voir plus clair, ne serait-ce que durant les prochaines heures. C'était autant de gagné pour son enquête. En d'autres circonstances, il les aurait tous fait enchaîner et traîner au *yamen*. Mais ici, avec un simple sergent, comment faire ? Il ne pouvait guère compter que sur la peur qu'il leur inspirait pour les contraindre à collaborer. Ils étaient très coupables, le majordome l'était plus encore, et la disparition providentielle des véritables Tchou était assombrie d'une brume inquiétante. Il allait lui falloir un peu de temps et de paix pour y voir clair.

Song Lan entra avec une seconde théière de thé vert aux fleurs d'osmanthus. Il y eut un silence.

– Votre Excellence a bien raison, les mandarines du Kouangsi sont beaucoup plus juteuses, mais elles ont davantage de pépins, dit dame Grâce avec un parfait détachement, comme si la conversation n'avait fait que rouler sur les agrumes pendant les vingt dernières minutes.

Son mari tendit la main vers la carafe de vin en céramique, puis renonça.

XIII

Le juge Ti tend un piège ; il découvre un trésor gardé par des fantômes.

Le majordome Song Lan s'endormit comme une pierre, ce soir-là, malgré les tourments qui d'ordinaire l'obligeaient à veiller une bonne partie de la nuit. Il rêvait qu'il planait au-dessus d'un lac d'or où des filles à la peau de jade l'appelaient de leur voix mélodieuse. Une douce musique le ramena à la réalité. Sa tête était lourde, sa vue brouillée. D'où venaient ces sons ? Est-ce que l'un de ces imbéciles d'acteurs s'amusait à répéter, en pleine nuit, dans son château ? Ah, s'il avait pu se passer d'eux ! Il fallait sans cesse les rappeler à l'ordre, ils étaient pires que les anciens domestiques.

Il sortit sans bruit dans le corridor éclairé par la lune. Personne. Il avait du mal à se réveiller tout à fait. Pourtant, il n'avait pas bu d'alcool. La cuisine de ce moine, sûrement. Un frôlement l'attira un peu plus loin. Il lui sembla que quelqu'un errait dans les couloirs. Pourtant, chaque fois qu'il tournait un angle, il était seul. Il suivit la musique jusqu'à la chapelle du château. Tout était calme, sombre, immobile. Alors qu'il allait s'en retourner, l'air se mit à embaumer l'encens, bien qu'aucun bâtonnet ne brûlât où que ce fût. La musique se fit plus forte. Elle venait de l'autel, ou du ciel, il ne savait pas très bien. Plusieurs lampions s'allumèrent spontanément, éclairant d'une lueur flamboyante la statuette de la déesse, une réduction de celle de la pagode.

— Que se passe-t-il ? demanda-t-il d'une voix qui se voulait autoritaire. Qu'est-ce que cela veut dire ? Où est tout le monde ?

— Ils dorment, dit une voix sépulcrale. J'ai étendu mon manteau de sommeil sur cette maison. Je désire te parler, à toi seul. Écoute-moi !

Le majordome regarda autour de lui. Rien n'avait bougé, ni âme ni objet.

— Prosterne-toi, mauvais homme ! dit la statue. Ver de terre désobéissant ! Est-ce ainsi que tu appliques mes ordres ? Crains ma colère ! Vois le bras armé qui va fondre sur toi !

Il y eut un éclair, de la fumée. Un démon hirsute, grimaçant et bariolé, muni d'un sabre rutilant, apparut à la droite de la déesse. Le majordome se jeta face contre terre.

— Je pourrais te réduire en cendres à l'instant même ! clama la statue. Vois les bourreaux que je t'envoie !

Un second diable dentu apparut du côté gauche, les traits rougeâtres, les yeux globuleux, des cornes dans les cheveux.

— Que voulez-vous, puissante déesse ? demanda Song Lan d'une voix tremblante.

— Je veux mon or ! déclara la déesse. Cet or que je t'ai confié et que tu as laissé entre des mains impures. Va le chercher dans la chambre de ce fonctionnaire incompétent, rapporte-le là où tu l'as trouvé. Il n'est pas fait pour les membres d'une justice corrompue. Tu le reprendras plus tard, quand tu seras décidé à en faire bon usage ! Va ! Je t'aiderai ! Mais ne me déçois plus !

Le majordome releva la tête. Les *t'an-mo*[1] s'étaient envolés. Il recula à quatre pattes avec effroi, se remit sur ses pieds et quitta la chapelle en courant. Dans les cuisines, il choisit un long couteau. Il lui fallait un sac.

Il retourna dans sa chambre. Tout était silencieux. On n'entendait même pas la respiration de ces acteurs stupides qu'il avait été forcé d'engager pour jouer le rôle de ses compagnons, ce moine obèse et ce jardinier à l'impulsivité criminelle. Il traversa la maison jusqu'aux appartements des invités. La porte n'était pas verrouillée. Le sergent Hong ronflait doucement sur sa natte. Song Lan poussa la seconde porte et pénétra chez le magistrat. Lui aussi dormait : on discernait, à la lumière de sa petite lampe, le renflement des couvertures. Au moindre geste, Song n'hésiterait pas à lui planter sa lame dans le ventre. N'était-ce pas la façon la plus simple d'en finir ? Il faudrait bien un jour se débarrasser de lui, et des autres, si la situation venait à s'éterniser. Il n'était plus à trois gouttes de sang près.

Les lingots trônaient sur une table, comme s'ils avaient attendu la visite de leur propriétaire. La déesse avait raison : cet idiot de juge n'était pas digne de les posséder. Song Lan les enfouit l'un

1. Diables.

après l'autre dans son sac. Il était nerveux. L'un d'eux lui échappa et tomba sur le plancher avec un bruit à réveiller les morts. Le ronflement dans la pièce à côté s'interrompit. Le majordome tendit l'oreille avec anxiété, serrant les doigts sur son poignard. Au bout de quelques instants, le ronflement reprit. La silhouette du juge endormi n'avait pas bougé. Song Lan se dit que la protection de la déesse n'était pas un vain mot. Il termina son ouvrage et s'enfuit par la coursive.

Le vent agitait furieusement la cime des arbres. C'était bien une nuit à apparitions magiques. Il se hâta vers la pagode en frissonnant, son fardeau contre sa poitrine. Comme il fallait avoir envie de ce magot pour se livrer à ces manipulations sans fin ! Il ne vivait plus que dans le meurtre et le mensonge. Et voilà que les divinités s'en mêlaient ! Il n'était pas mécontent, au fond, qu'elles lui apportent leur approbation. Car c'était là ce qu'il avait compris de ces injonctions célestes. Qu'importait ce que lui disait la déesse. Elle s'était dévoilée à lui, dans son éclatante nudité, elle avait éprouvé le besoin de lui adresser des messages : il était son élu. Certes, il s'était permis une petite entorse à ses recommandations. Mais cela avait été nécessaire, elle ne lui en voulait pas. Quel homme pouvait se vanter d'être à la fois riche et admis dans l'intimité des dieux ? Son acte l'avait rapproché des êtres supérieurs, il échappait à la communauté des mortels. Il était presque un Immortel ! Rien ne pouvait plus se mettre en travers de son chemin. Il détenait le pouvoir absolu, la déesse le protégeait, elle l'estimait digne d'elle. Et si jamais ce petit magistrat prétendait contrarier ses projets, il savait bien que faire de lui.

Il atteignit la pagode. Trois lampions éclairaient l'entrée. La déesse l'attendait, elle lui montrait le chemin. Ce chemin, il le connaissait bien. Il contourna l'édifice, dégagea des branchages et sortit une clé de sa manche. Il approcha sa lampe, trouva la serrure, ouvrit et pénétra à l'intérieur. Il ressortit au bout de quelques instants, replaça le feuillage et se hâta vers la chapelle pour rendre compte de sa mission.

L'odeur d'encens était toujours aussi forte. Il se prosterna face contre terre.

– J'ai obéi, puissante déesse ! Fais-moi à nouveau confiance. Je te servirai toujours. Je bâtirai pour toi un temple magnifique, dans la province où je m'installerai bientôt. Tu seras satisfaite.

– Qu'il en soit ainsi, répondit la voix sépulcrale.

Les lampes s'éteignirent. Tout devint noir. Le majordome s'inclina une dernière fois et retourna se coucher, bien qu'il fût tout à fait incapable de trouver le sommeil.

Le lendemain, après avoir distribué les boulettes de joie[1], le moine vint prévenir Song que Son Excellence désirait manger de la carpe.

– Depuis quand ce chien se permet-il de dicter les menus ? grogna le majordome. De toute façon, vous avez laissé les bacs couler à pic, comme tout dans cette maison : ils sont vides. Ce prétentieux fonctionnaire mangera ce qu'il y a.

---

1. Boulettes de riz glutineux au miel.

— Il n'est pas de bonne humeur, objecta le cuisinier. J'ai eu le malheur de lui dire que j'avais relevé l'un des bacs flottants. Certaines carpes y sont revenues, par habitude d'être nourries. Il suffit d'y aller avec une épuisette, il n'y en a pas pour longtemps. Aide-moi. Sans toi, je n'y arriverai pas et ça éveillera ses soupçons.

Song Lan le suivit en ronchonnant. Les bacs étaient noyés. L'un d'eux surnageait vaguement. Le moine s'approcha de l'eau, l'épuisette à la main. Les deux hommes scrutèrent l'intérieur du bassin.

— J'en vois une, là ! s'écria le cuistot.

Ils ramenèrent un premier poisson, puis un deuxième, qu'ils jetèrent dans un seau.

— Il en faut au moins une troisième, dit le moine. Je la vois ! Aide-moi !

Il se pencha brusquement en avant, bascula, et s'agrippa fermement au majordome, qu'il entraîna dans sa chute. Les deux hommes tombèrent à l'eau.

— Imbécile ! Maladroit ! Criminel ! cria Song Lan dès qu'il refit surface.

Une fois sortis du lac, les pêcheurs coururent se mettre au chaud, leurs baquets au bout des bras.

— Mes pauvres ! s'écria dame Grâce en les accueillant sur le perron. Que vous est-il donc arrivé ? Vous auriez pu vous noyer ! Nous avons eu assez de malheurs comme ça !

Déjà sa fille accourait avec des serviettes. Les deux femmes se mirent à les frictionner. Elles les poussèrent à l'intérieur et firent chauffer de l'eau pour le thé.

— Votre souffle vital est en péril ! dit Mme Tchou. Changez-vous immédiatement. Je vais vous concocter une potion contre les refroidissements.

Elle était bien prévenante. Les deux hommes se laissèrent bichonner comme des enfants, engourdis par la lueur du brasero. Le majordome vérifia machinalement qu'il n'avait pas perdu sa clé dans sa chute. Il la sentait toujours à l'intérieur de sa manche.

Le petit garçon rejoignit en courant le juge Ti, qui attendait près de la pagode.

– Maman a dit de vous apporter ceci.

Sa petite main tenait une grosse clé tachée de vert-de-gris. Le juge s'en saisit.

– Sais-tu siffler ? demanda-t-il.

– Bien sûr, Noble Juge ! Je sais tout faire, moi ! Je sais grimper sur les toits pour jouer de la flûte, je sais faire des cabrioles !

Il s'apprêtait à le lui montrer. Le juge Ti l'arrêta.

– Ce ne sera pas nécessaire. Tu nous as déjà bien aidés cette nuit.

Il lui enjoignit de faire le guet, derrière un arbre, au cas où la substitution serait découverte. Il contourna le pavillon comme il l'avait vu faire au serviteur, la nuit précédente, dégagea les branchages et déblaya la petite porte, qu'il ouvrit sans peine à l'aide de sa clé. Éclairé par la lampe dont il avait pris soin de se munir, il traversa une première pièce basse de plafond, sale, poussiéreuse, couverte de toiles d'araignée. Il était difficile d'imaginer qu'un trésor dormait ici. Dans un angle, une volée de marches s'enfonçait dans le sol jusqu'à une seconde porte, vermoulue, qu'il ouvrit avec la même clé. Une odeur d'humidité le saisit. Levant sa lampe, il vit de l'eau suinter des murs. Sur l'un d'eux, où saillait une roche, était accroché un curieux assemblage de tissus et de cadres en bois. À quoi cela pouvait-il bien servir ? Vernis avec soin, les cadres, étaient tendus d'une fine étoffe de soie détrempée. L'eau de la roche s'écoulait imperceptiblement de carreau en carreau, avant de disparaître dans une rigole du sol.

Le juge remarqua un détail extraordinaire. Ce n'était presque rien, une trace infime, un minuscule éclair doré : de l'or se déposait dans chacun de ces cadres, comme sur des filtres. L'eau abandonnait son tribut d'or, jour et nuit, sans jamais s'interrompre. D'heure en heure, c'était très peu, mais cela devait représenter au bout de l'année des quantités importantes. Ti chercha des yeux où pouvait être rassemblée la récolte. Il avisa deux coffres. Le premier recelait un énorme tas de poussière d'or. Dans le second, il vit une réserve de lingots sans doute issus de la fonderie découverte près des cuisines. Il s'assit à même le sol. Il venait d'éventer le secret des Tchou, celui que la famille se léguait de génération en génération, sans jamais l'avoir partagé avec les villageois. Il avait devant lui l'explication de leur soudaine opulence. Voilà pourquoi ils nourrissaient une telle dévotion pour ce lac : ils lui devaient toute leur fortune.

Ti imagina l'humble pêcheur du siècle précédent, ce pauvre Tchou sans prétention mais plein d'ingéniosité, qui, un jour, en jetant ses filets, avait découvert cette caverne, ce trou où suintait un ruisseau d'or fin. Il avait dû imaginer ce système pour récupérer le métal petit à petit, sans fatigue, sans attirer l'attention, avec une patience infinie. Et quelques années plus tard, c'était un homme riche ! Le pêcheur s'était changé en propriétaire terrien. Il n'avait rien eu de plus pressé que d'acquérir cette île, ce lac et toutes les terres avoisinantes, pour les interdire aux curieux. Il suffisait à ses descendants de relever les filets de temps à autre, de renouveler les toiles, pour disposer d'une fortune inépuisable dont, depuis longtemps, ils ne savaient plus que faire.

Le mensonge du lac Tchou-An n'avait pas commencé avec l'imposture des comédiens. Les Tchou étaient des menteurs par tradition. Les menteurs actuels n'avaient fait qu'en remplacer d'autres. L'atmosphère de ce lac devait être empoisonnée, pour que nul, jamais, n'y dise la vérité. Elle était polluée par l'or qui s'écoulait de ce rocher. Le vieux Tchou le lui avait bien dit : ce trésor faisait leur malheur, c'était leur malédiction. Ils s'étaient enrichis, mais avaient été incapables d'échapper à l'emprise du lac, ils ne l'avaient jamais quitté, ne s'en étaient pas éloignés d'un pas ; toute leur existence tournait autour de lui comme une chèvre autour d'un piquet. Ce domaine n'était pas un refuge, c'était une prison. Le cadeau de la déesse ne les avait pas libérés : il les avait enchaînés à elle. Ils avaient été ses esclaves. Et maintenant qu'ils avaient disparu... c'était Song Lan qui était devenu son jouet !

Le juge tâcha de reprendre ses esprits. La proximité de cette fortune abandonnée dans une cave humide lui tournait la tête. Il y avait là de quoi mener grand train dans la capitale pendant plusieurs générations. Quelle tentation !

Il aperçut une autre porte, au fond de la caverne. Elle n'était pas verrouillée. Lorsqu'il l'ouvrit, une odeur le prit à la gorge. Il posa un mouchoir sur sa bouche et leva sa lampe. Un spectacle macabre l'attendait. Là, sur le sol, sept cadavres étaient allongés les uns à côté des autres. Il y avait un couple d'une quarantaine d'années à la robe de dessus abondamment brodée. L'homme portait une fine moustache, la femme était petite et replète. À côté d'eux dormaient pour l'éternité une jeune fille d'une quinzaine d'années et un petit garçon. Enfin, trois domestiques, aux vêtements plus simples, mais dont les visages conservaient dans le trépas cet air de dignité qui sied aux serviteurs de grandes maisons. Les faux Tchou, à côté de ceux-ci, faisaient figure de caricatures.

Ti salua respectueusement les défunts : il venait de rencontrer ses véritables hôtes. Il faisait frais, comme dans la crypte d'un monastère de montagne. Cette cave aurifère était un sinistre mausolée. Il comprit pourquoi la comédienne avait eu du mal à entrer dans les robes de son modèle : les deux femmes n'avaient pas du tout le même gabarit. En revanche, M. Tchou avait un point commun avec celui qu'il connaissait : une même mollesse dans le visage. Sans doute fallait-il y voir, dans le cas présent, l'indolence d'un homme qui n'avait jamais rien fait d'autre que relever des étoffes maculées de paillettes, et n'avait eu pour unique souci que d'occuper ses loisirs comme il le pouvait. Leurs traits étaient sereins : la vie n'avait été qu'un intermède, ils s'en étaient allés rêver ailleurs. Ti ne releva aucune trace de maladie, ni joues creusées ni cheveux trempés de sueur. Comment ces gens, qui avaient succombé aux fièvres, pouvaient-ils avoir l'air si reposés, si tranquilles ?

Le juge sentit monter un mal de crâne. Il quitta cette pestilence de peur de s'évanouir, referma derrière lui, remit en place les branchages tant bien que mal et s'éloigna, le cœur au bord des lèvres.

Le gamin accourut à toutes jambes.

– Alors ? Vous avez trouvé le trésor, oui ou non ?

Ti haussa les sourcils. Cet enfant n'était pas bien pénétré de l'importance d'un magistrat impérial.

– Je n'ai rien trouvé, mon petit ami, répondit-il pour le décourager d'aller fouiner de ce côté. C'est sale et il y a des bêtes. Rapporte cette clé à ta mère, pour qu'elle la remette à sa place. Je la verrai tout à l'heure.

Le petit garçon prit la clé avec déception et se hâta vers le château. Quant au juge, il dut aller respirer sur la grève pour chasser jusqu'au souvenir de l'odeur qui s'accrochait à ses vêtements.

– Alors ? dit Hong Liang quand il eut refermé derrière lui la porte de ses appartements.

– Où est le majordome ? demanda Ti.

– Nous avons pris soin de l'occuper, ainsi que vous nous l'aviez ordonné. Dame Grâce a habilement escamoté la clé tandis qu'elle le frictionnait et l'a remplacée par une autre. Il ne s'est aperçu de rien et n'a pas quitté la pièce. Le moine passe son temps à éternuer. Puis-je demander à Votre Excellence si elle a trouvé ce que nous cherchions ?

– Oh, oui, répondit son maître avec un soupir. J'ai trouvé l'or. Et les cadavres.

– Ces Tchou sont donc bien morts ? dit le serviteur, résolu à lui tirer les vers du nez. Quelle tristesse ! Que leur est-il arrivé ?

– Empoisonnés, sûrement.

– Comment Votre Excellence le sait-elle ?

– J'ai goûté la cuisine qu'on sert ici.

Il s'abîma dans ses pensées. Il avait tout : le mobile, le butin, les dépouilles des victimes, et l'assassin était à portée de main. Dans d'autres circonstances, cela aurait été une affaire réglée.

Ti se demanda s'il devait faire un scandale au sujet de l'or volé dans sa chambre. Cela posait un problème. Il n'était pas, lui, un acteur professionnel. Il craignait que sa saillie ne manquât de vérité. Mieux valait s'abstenir, comme s'il ne s'était pas encore rendu compte de l'escamotage. Il était inutile de compliquer encore ses rapports avec ce triste individu.

Les Tchou, quant à eux, tenaient leurs rôles avec une maestria renouvelée. C'était du grand art. Ils entretenaient à présent une complicité avec une partie de leur public, comme lorsqu'ils interprétaient des mystères pour les badauds. Leur auditoire savait qu'ils jouaient, et cela changeait tout. Seuls avec le juge Ti, ils étaient détendus. Quand le majordome entrait, la représentation était pour lui. C'est une fois seuls avec leur serviteur-employeur qu'ils étaient le moins à l'aise – mais cela ne changeait guère de la période précédente. Il n'avait pas fallu longtemps pour que cet homme les inquiète : sa dissimulation, ses colères, ses emportements qui suivaient des assauts d'amabilité cauteleuse, tout cela leur donnait froid dans le dos. Très vite, il avait été trop tard. Leur appât du gain s'était mué en une peur glacée d'un personnage imprévisible, dont on pouvait tout craindre parce qu'on n'en percevait pas les limites.

Seul à table avec les Tchou, Ti surprenait des regards, des gestes qui n'avaient pas leur place dans leur jeu : ils soufflaient, se relâchaient. À l'arrivée du majordome, ils reprenaient instantanément leur place, comme des marionnettes dont le maître tire les fils. Les lèvres s'étiraient en sourires convenus, les yeux perdaient leur expressivité, des phrases banales étaient prononcées sur un ton anodin : « Vos épouses supportent-elles bien vos changements d'affectation tous les trois ans ? » demandait dame Grâce de sa plus belle voix de maîtresse de maison attentionnée.

Plusieurs fois, le juge crut lire sur le visage du majordome qu'il était content d'eux : jamais ils n'avaient si bien tenu leur place de châtelains compassés. Il était enfin satisfait, au moment même où ils le trahissaient.

Il leur arrivait, pour se distraire, de se moquer de lui. Le juge, à présent attentif à leur jeu, repérait dans leur conversation de larges pans du théâtre classique. Ils récitaient devant le « serviteur zélé » des tirades entières, sur le ton le plus banal, et riaient sous cape de son impassibilité. L'homme n'était pas un érudit, les lamentations de la princesse-dragon ou les imprécations de la sorcière Feng de Lujiang[1] transposées dans la vie courante, dont Tchou Tchouo faisait mine d'abreuver son fils, lui passaient au-dessus de la tête. Lorsque l'un des quatre acteurs laissait échapper par hasard une phrase outrée ou emphatique, récitée sur un ton de tragédie, le majordome se contentait de lever discrètement les yeux au ciel, rassuré de voir que le juge ne s'en émouvait pas. La situation aurait été comique s'ils n'avaient dansé sur des cadavres.

Combien de temps cela pouvait-il continuer ? Le juge sentait bien qu'il leur demandait un effort.

---

1. Célèbres contes de l'époque Tang.

Leurs nerfs ne tiendraient pas au-delà de deux ou trois jours. Il devenait urgent de recevoir des secours.

— Ne pourrions-nous pas maîtriser cet homme en attendant de le livrer à l'armée ? glissa Tchou Tchouo à l'oreille du juge.

Ti y avait pensé, bien sûr. Mais, Song hors d'état de nuire, qui lui assurait qu'ils ne s'en prendraient pas à lui pour s'enfuir ? Il préférait s'en tenir à ce *statu quo* en attendant de pouvoir sévir. Hélas, ses alliés donnaient des signes de lassitude. Tchou Tchouo attachait avec moins de soin la longue barbe postiche qui faisait beaucoup pour changer un acteur de seconde zone en respectable propriétaire terrien ; elle se décollait lorsqu'il lapait sa soupe, ce qui obligeait son invité à faire semblant de ne rien voir.

Mi par intérêt, mi par compassion, il leur donna une date : si rien n'avait changé d'ici le matin, ils saucissonneraient le majordome et enverraient Hong Liang braver les flots à la recherche d'une aide, quelle qu'elle soit.

XIV

Le juge Ti cherche en vain du secours ; tout le monde meurt.

Ti leva les yeux du commentaire sur les *Entretiens* de Confucius où il cherchait la solution à ses problèmes. Quelque chose avait changé. Un rayon de soleil baignait la fenêtre. Il sortit sur la coursive. Les nuages se dissipaient, laissant place à un soleil dont on avait presque perdu le souvenir. Il entendit courir.
— Noble Juge ! cria de loin le petit garçon. Vous avez vu ? Il fait beau ! La déesse avale la pluie pour que la ville puisse l'honorer sur la rivière ! Nous sommes sauvés !

Il repartit en sens inverse en criant : « Il fait beau ! Nous allons pouvoir fêter la déesse ! Je veux un dragon en papier ! »

La prédiction des villageois s'était accomplie. Ces vieilles superstitions reposaient-elles sur un fond de vérité ? De fait, si cela continuait ainsi, la rivière se calmerait très vite. Dès demain peut-être, les gens pourraient se consacrer à leur fête de la Perle. C'était sur des journées comme celle-ci que s'appuyaient les légendes. Combien de temps faudrait-il pour que l'un ou l'autre prétende avoir vu la déesse écarter elle-même les flots d'un coup de queue ? Sur la promenade couverte depuis laquelle il admirait le jeu des rayons sur le lac, il croisa les habitants du château. Le visage radieux, ils étaient en adoration devant ce qui leur paraissait un prodige, tant ils l'avaient espéré. La fin de cette épreuve signifiait pour eux bien davantage que pour quiconque. Il n'était pas jusqu'au majordome qui ne regardât les vaguelettes avec ravissement. Que pouvait-il penser ? Il avait rarement été donné au juge d'observer dans l'intimité le visage d'un meurtrier en sachant pertinemment que cette personne était coupable. C'était fascinant. Ti contemplait le visage du crime. Eh bien, cet homme semblait fait comme tout le monde. Il fallait toute la conviction du juge pour deviner, derrière cette bonhomie, le rictus de la violence et de la mort. Il eut un frisson.

Une heure plus tard, l'eau avait commencé sa décrue. Ti songea que le courant, devant le portail, devait déjà être moins fort. Il importait d'aller chercher de l'aide en ville pour arrêter tout le monde. Seul le Ciel savait ce que Song pouvait encore tenter.

Sans prévenir quiconque, il se rendit au bout de l'allée avec Hong Liang. Deux barques reposaient près du portail. Ils en tirèrent une vers le flot, qui en effet s'était un peu calmé. Lorsque le juge prit place à l'intérieur, il sentit ses souliers se tremper. L'eau pénétrait à petits bouillons par un trou pratiqué dans le fond.

– Prenons l'autre barque, dit-il en quittant précipitamment celle-ci.

Alors qu'ils tiraient la seconde embarcation, Hong Liang s'interrompit et désigna le plancher.

– Regardez, Noble Juge. Celle-ci aussi est défoncée ! C'est du sabotage !

Plusieurs ouvertures rendaient impossible un colmatage de fortune. Quelqu'un voulait empêcher les habitants de s'en aller. Song Lan avait-il éventé leur supercherie nocturne ?

Le majordome se tenait devant la charrette des comédiens. Elle avait été partiellement débâchée. Ils avaient touché à leurs affaires : des objets avaient été retirés de l'amoncellement, d'autres remis en place. Ils s'apprêtaient donc à s'enfuir. Mais lui ne l'entendait pas de cette oreille ! Il s'était déjà occupé des barques. Quant à eux, c'était une question d'heures. « Ne laisse pas mon or entre des mains impures », avait dit la déesse du lac. Non, il n'allait pas la trahir. D'ailleurs, pourquoi partager ? Il allait tout garder, lui seul en était digne. Il n'était plus à un meurtre près. Après avoir expédié ses bons maîtres, que lui importait la vie de quelques mauvais comédiens et d'un juge incapable ? C'était l'affaire d'un instant. La crypte pouvait bien encore accueillir quelques pensionnaires. On ne les retrouverait jamais.

Il passa le reste de l'après-midi à préparer son départ. Les filtres avaient bien donné. La poudre d'or était récoltée, il n'avait plus qu'à la dissimuler dans un accessoire de cérémonie, une statue en carton représentant la déesse, qu'il porterait lui-même sur la rivière. Puis il se ferait déposer sur l'autre rive, en aval du village, il achèterait un cheval au village des You ; sa nouvelle et brillante existence pourrait enfin débuter.

La journée fut splendide. L'eau s'était retirée, conformément au vœu du Ciel, pour permettre la célébration nautique. Le lac avait presque retrouvé son niveau normal. Les lotus étaient sur le point de resurgir comme si rien ne s'était passé. On pourrait sous peu passer à gué devant le portail.

Le juge Ti, pour calmer son impatience, alla consulter quelques ouvrages savants dans cette bibliothèque qui n'intéressait que lui. Le petit garçon feuilletait les dessins de femmes-renardes et de singes vêtus en êtres humains qui illustraient un recueil de contes.

Peu avant le dîner, la maîtresse de maison pénétra dans la pièce et vint murmurer quelques mots à l'oreille du magistrat. Puis elle passa la main dans les cheveux de son fils, avec un sourire énigmatique, et se retira.

— Sauriez-vous me dessiner un démon ? demanda l'enfant.

Le juge pensa à ses propres fils. Sa famille commençait à lui manquer. Ses épouses devaient se demander s'il était toujours vivant, elles étaient sûrement folles d'inquiétude. Avec un peu de chance, il serait bientôt en mesure de les rassurer.

— Lis donc plutôt ce récit. Tu m'en feras un résumé tout à l'heure. Si tu ignores certains caractères, je te les expliquerai.

Il se rendit, sans faire de bruit, à la cour où Mme Tchou avait son jardin d'orchidées. C'était, sous ce rayon de soleil, un émerveillement. Il fit mine de s'intéresser à diverses fleurs, et s'approcha du buisson dont il savait que l'on pouvait en extraire un poison violent. Ainsi que dame Grâce venait de le lui annoncer, des feuilles avaient été coupées sur l'arrière, de façon à ne pas déparer l'ensemble. Il avait bien fait de lui recommander la plante et de la prier de le prévenir si elle notait le moindre changement. Il passa à une autre fleur, revint à l'arbuste comme si de rien n'était et compta combien de feuilles pouvaient manquer. Dix, vingt, vingt-cinq au moins... Assez pour empoisonner autant de personnes.

Le gong du dîner résonna. Les Tchou se tenaient dans la salle à manger, inquiets. Il leur fit un signe de tête. Oui, la plante vénéneuse avait bien été récoltée.

Le majordome apporta les plats et le thé. Où avait-il mis le poison ? Dans les sauces ? En infusion dans la théière ? À l'intérieur des poissons ? Partout à la fois ?

Ils tinrent des propos de principe tandis que Song semblait attendre de les voir avaler leur repas. Nul ne mangeait ni ne buvait. Le plus difficile était d'entretenir la conversation. Il fallait un prétexte pour faire sortir l'empoisonneur.

– Ce porc mariné serait meilleur avec un peu de gingembre râpé, dit la demoiselle, dont le juge Ti admira le sang-froid.

– Oui, répondit sa mère. Va en chercher dans la réserve, Song.

Avant que le serviteur ne quittât la pièce, le juge remarqua ses mains, agitées d'un léger tremblement nerveux.

Aussitôt qu'il eut disparu, Ti avisa une grosse potiche dont il ôta le couvercle. Les Tchou se hâtèrent d'y vider la moitié de tous les plats et le contenu de leurs tasses.

À son retour, Song Lan trouva le juge en travers de son fauteuil, la langue pendante. Il ne respirait plus. L'acteur était affalé sur la table, une main posée sur la carafe de vin. Sa femme gisait sur le sol, ainsi que les deux enfants, la fille sur le dos et le fils sur le ventre, face contre terre. C'était fini. Il posa le plateau sur la table et alla inspecter les communs. Dans la cuisine, le moine était étendu sur le carrelage, un couteau à la main, comme s'il avait voulu se défendre de quelque fantôme à l'instant de faire le grand bond. Le majordome écarta les doigts crispés et posa l'arme sur la table. Dans le corridor de la réserve, il dépendit une clé de son crochet et ouvrit la porte du garde-manger. Il avait lui-même apporté son repas au jardinier quelques minutes plus tôt. Lui aussi reposait, inerte, étendu sur sa natte, contre le mur. Dans son agonie, il avait renversé les bols, leur contenu avait roulé sur le plancher. Le majordome, par réflexe, se pencha pour remettre les objets en ordre. Il se ravisa et rit intérieurement de sa propre sottise. « Heureusement, je n'ai plus à nettoyer ! » Dorénavant, il aurait toujours du monde pour accomplir les tâches ménagères. Il ne voulait plus toucher un torchon de sa vie. Il aurait une armée de serviteurs. C'était cela, le vrai luxe : un employé pour chaque tâche. Il ne voulait plus même devoir s'habiller ni se laver. Des femmes feraient cela pour lui, d'anciennes prostituées fraîches et dociles, qu'il achèterait à leurs souteneurs après les avoir essayées... Il lui faudrait inventer des corvées pour employer davantage d'esclaves. Chacun d'eux lui rappellerait sa servitude passée et le miracle qui lui avait permis d'y échapper.

Un jour, tandis qu'il venait prier la déesse de la pagode, il avait vu le vieux M. Tchou, qui perdait la tête, ouvrir la porte de la crypte sans avoir pris la peine de s'assurer qu'il était bien seul. Aiguillonné par la curiosité, il ne lui avait pas été très difficile de subtiliser la clé pour aller y jeter un coup d'œil. Ce qu'il avait vu continuait de briller au fond de ses pupilles : il y avait contemplé la fin de ses fatigues, de ses humiliations, et surtout de cette épouvantable envie qui rongeait son cœur depuis l'enfance. Pourquoi ne menait-il pas, lui aussi, cette existence facile de plaisirs ininterrompus ? Pourquoi n'était-il pas né riche, plutôt que fils d'humbles paysans ? Il valait bien l'un de ces Tchou, vains et amollis par cinq générations de paresse ! Il avait accepté de s'avilir en entrant à leur service, par désir de contempler cette vie rêvée. Au début, cela l'avait émerveillé. À la longue, cette injustice du sort s'était muée en une souffrance permanente. Les Tchou n'étaient pas à la hauteur de leur fortune, de leur chance insolente. Grâce au Ciel, un jour, l'équilibre s'était inversé. Il était à présent le maître. Eux ne se réveillaient plus pour exiger leur gruau du matin, leurs hochets, leurs artifices, et son aide, toujours son aide, comme s'ils ne pouvaient vivre sans le voir se rabaisser devant eux ! Il était libre ! Et cela ne changerait plus jamais.

Ses préparatifs étaient presque achevés. Il était certain que les barques processionnelles étaient prêtes à quitter le village. La déesse avait respecté sa promesse : il faisait beau et les eaux se retiraient devant lui pour faciliter sa fuite.

Il restait quelques lingots à prendre dans la crypte. Il traversa le parc, dans la lumière déclinante où les arbres rougeoyaient. Cela lui rappela le sang qui s'échappait de la tête du représentant en soie. En le reconduisant, puisque cette coquette imbécile n'avait pu s'empêcher de le recevoir, il avait senti que ce vil marchand était en train de tout comprendre : il était resté interdit en regardant l'enfant jouer près du perron, vêtu en petit seigneur. Dès lors, il avait agi sans hésiter, un geste avait suffi.

Expédier le bonze de la pagode lui avait demandé plus de préparation. Il lui avait apporté de la part de ses maîtres l'un de ces plats que leur infligeait ce moine luisant. Pour le rendre plus appétissant, il l'avait assaisonné de cette plante admirable qui lui avait déjà servi à envoyer ses maîtres et ses compagnons de douleur dans un monde parfait. Il avait expliqué à ce glouton, en le regardant dévorer ses offrandes, que les Tchou le recevraient bientôt : il n'avait pas à s'inquiéter. Oui, il les verrait, sans faute. Non, il n'y avait pas lieu de s'alarmer, vraiment. Après quelques bouchées, le bonze s'était renversé en arrière. Song Lan avait tenu parole : il les voyait, ces Tchou qu'il aimait tant... sur la Terrasse des âmes en transit. Il ne restait plus qu'à le pousser dans la cour inondée. La déesse avait pourvu à tout : elle lui avait offert des camouflages pour chacun de ses crimes.

Tuer la vieille actrice avide lui avait fait presque plaisir. La chienne avait osé lui voler une part de son magot ! Chaque nuit, il venait contempler son or, cet or pour lequel il avait souillé son karma. Elle avait des insomnies. Sans doute l'avait-elle suivi, la folle. Elle aurait pu prendre ce qu'elle voulait et s'en aller. Pourquoi avait-elle poussé la seconde porte, celle du sépulcre ? « Assassin ! » lui avait-elle lancé quand il l'avait surprise, ses lingots sur l'épaule, à la sortie de la crypte. Il avait été pris d'une rage aveugle. Il ne se rappelait plus très bien les détails, mais il lui semblait qu'il l'avait étranglée. Il n'avait pas eu à chercher longtemps comment se débarrasser de la dépouille. Il avait lesté son corps avec le fruit de sa profanation et l'avait balancé à l'eau pour qu'il repose à jamais dans la vase. Sans ce magistrat, elle y serait encore.

Arrivé devant la pagode, il eut la surprise de voir trois lampions allumés. C'était bizarre, il ne faisait pas encore nuit. Irrépressiblement attiré, il gravit les quelques marches : le temps était venu de remercier une dernière fois sa protectrice pour ses bontés.

Un horrible spectacle l'attendait. Devant la statue, assis sur le sol entre des bâtonnets d'encens fumants, gisait le corps du fils Tchou, ce petit garçon qu'il avait tué. L'enfant le regardait de ses yeux vitreux. Comment était-ce possible ? Qui l'avait déposé là ? Tout le monde était mort ! Il lui sembla lire sur le visage doré de la sirène une expression furieuse : le front de métal s'était plissé, les sourcils de jade s'étaient froncés, la bouche aux dents d'ivoire se tordait en une moue de dégoût. Que faisait là ce gamin ? S'était-il relevé de sa crypte ? Ses parents allaient-ils faire de même ? Il y eut un craquement dans son dos. Song Lan se retourna, prêt à voir des silhouettes macabres marcher vers lui d'un pas traînant.

Il n'y avait personne. Pris de panique, il s'enfuit dans l'allée du parc, sans savoir où il allait. Au troisième tournant, il vit des lumières qui approchaient. Des spectres sortaient de la maison ! Des spectres qui avaient le visage de ses victimes ! Ils étaient guidés par des feux follets ! Les âmes de ses maîtres ! Ils le cherchaient ! Ils venaient de ce côté ! Pour se venger !

Il rebroussa chemin et courut à la caverne. Son or était toujours là. Il saisit ce qu'il pouvait porter, deux paquets lourdement chargés, reliés ensemble, qu'il posa sur ses épaules, de part et d'autre de son cou, et ressortit. Les lumières étaient plus proches. Il discernait parfaitement les traits du juge défunt, de son sergent et des autres habitants de la maison, qu'il avait vus trépassés quelques minutes plus tôt. Que faire ? Où aller ? Comment leur échapper ?

Il y eut un nouveau prodige. Par magie, le lac s'était changé en nappe d'or. C'était un appel.

– Merci ! cria-t-il à la déesse. Je viens ! Je t'apporte ton or ! Sauve-moi !

Il se précipita dans l'eau, ses sacs autour du cou. Il s'aperçut bientôt qu'il lui était impossible de nager. Le métal, trop lourd, l'entraînait vers le fond. Qu'importe ! Il s'efforça d'avancer, quitte à couler avec lui : la déesse saurait bien quoi faire une fois qu'il l'aurait rejointe.

Lorsque le juge Ti arriva sur la berge, l'assassin avait déjà disparu. À force de scruter la surface en se protégeant les yeux du soleil qui s'y reflétait, il crut voir une queue de poisson étonnamment longue plonger dans les profondeurs. Un banc de carpes dorées sauta dans le lointain. C'était l'heure où elles chassaient, et la chasse avait été bonne. Le juge Ti se demanda si, d'une certaine façon, la divinité n'avait pas eu la peau de l'ignoble individu.

– Le stratagème de Votre Excellence lui a fait perdre l'esprit, dit Mlle Tchou. Il s'est noyé de sa propre initiative !

– C'est la femme-poisson qui l'a noyé, corrigea le moine. Elle a été fâchée de constater la mort des Tchou, quand nous avons déposé devant elle le petit cadavre. Elle a découvert la tromperie. Il n'a pas fallu une heure pour qu'elle en tire vengeance. Vous avez bien fait d'en appeler à elle, Noble Juge. On ne se tourne jamais en vain vers les puissances invisibles.

– Justice est faite, laissa tomber dame Grâce, qui songeait à sa mère.

– Et ainsi se termina l'aventure pour la suite des temps, conclut son mari, paraphrasant un vieux conte traditionnel qu'il avait coutume de représenter sur les marchés.

– Seul le Ciel sait ce que son imagination malade lui aura fait voir, murmura le juge, et pourquoi il a été pris de cette panique irrationnelle.

Le soleil couchant teignait d'or la surface du lac.

– Regardez ! cria l'enfant, qui avait de bons yeux, le doigt pointé sur l'eau.

Délesté de son précieux fardeau, le corps était remonté, petite tache noire dans un océan d'or en fusion. La déesse avait accepté l'offrande, elle rendait la dépouille.

En repassant devant la pagode, Ti prononça les mots que chacun redoutait : il fallait un volontaire pour replacer le cadavre de l'enfant dans la cave, en attendant que les fossoyeurs de la ville viennent procéder aux inhumations rituelles. Le moine se dévoua tandis qu'ils continuaient leur chemin. Ils l'entendirent bientôt les appeler :

– Il n'est plus là ! Quelqu'un l'a emporté !

Le juge se hâta de gravir les marches. Les bâtonnets d'encens qu'ils avaient allumés brûlaient toujours, mais le défunt avait disparu. Il espéra qu'un animal ne s'était pas emparé de ces pauvres restes. Il convenait d'aller voir si tout était bien en ordre dans la crypte. Il saisit l'un des trois lampions et pénétra dans la caverne. L'odeur répugnante avait disparu. Il s'enfonça jusqu'au fond de l'excavation. Le petit corps avait rejoint ceux de ses parents. La famille Tchou assassinée reposait de nouveau au complet, elle semblait dormir, apaisée, tranquille.

Ti remonta à l'air libre. Les autres l'attendaient avec anxiété.

– L'un de vous a-t-il replacé l'enfant auprès des siens ? demanda-t-il.

Ils se contentèrent d'arborer des mines ahuries et de se regarder les uns les autres. Ti marcha jusqu'au portail, suivi par la petite troupe.

– Le courant est moins fort, dit Hong Liang.

– Tant mieux. Tu vas pouvoir traverser. M. Tchou va t'aider. N'est-ce pas, monsieur Tchou ?

L'acteur répondit en bredouillant qu'il s'en ferait un plaisir. Le moine et le jardinier traînèrent derrière eux la barque du lac, que le majordome avait omis de saboter.

— Je peux tenter le trajet, si Votre Excellence le désire, proposa le jeune homme.

Le juge répondit que son sergent s'en sortirait très bien. Il tenait à garder ses principaux suspects autour de lui, et particulièrement ce jeune acteur, qui avait toutes les raisons de s'enfuir : la mort de Song Lan ne le lavait pas de l'odieuse attaque qu'il s'était permise sur la personne d'un magistrat. Mlle Tchou jetait au juge des regards réprobateurs.

Ils regardèrent Hong Liang et Tchou Tchouo lutter contre le courant.

— Allez ! leur cria le juge, impatient de voir cette affaire se terminer. Ne soyez pas si maladroits !

Avec quelque effort, les deux hommes parvinrent à s'enfoncer dans la ville.

— Nous sommes sauvés ! dit le moine avec un geste de bénédiction envers le Ciel.

— Je n'en suis pas sûre, répondit dame Grâce, qui se demandait quels projets le juge nourrissait pour leurs personnes.

Le chef du village et quelques notables arrivèrent peu après, conduits par le sergent. Ti leur résuma en deux mots la situation : le majordome avait empoisonné ses maîtres avant de se suicider. Il ne tenait pas à s'étendre sur le fait qu'il s'était laissé abuser huit jours durant par une troupe d'acteurs de seconde zone. Les nouveaux venus tinrent absolument à faire venir les principaux notables. La nouvelle révolutionna le village. Le magistrat comprit qu'on ne se coucherait pas de sitôt. Le responsable de la ville et ses amis se firent servir une collation, qu'ils dévorèrent en poussant de grands « Oh ! » et des exclamations outrées au récit que Hong Liang agrémentait de détails, pour la plupart sortis de son imagination. Ti en profita pour aller présenter ses excuses au vieux M. Tchou, toujours reclus dans sa chambre. Il prit la clé posée sur un meuble et délivra le vieillard, seul rescapé du terrible massacre. Sa réclusion n'avait plus de sens, il était à présent le seul maître de la demeure.

– Vous aviez raison depuis le début, dit le juge. Veuillez accepter mes excuses. J'aurais dû tendre l'oreille à vos discours. Je me suis montré présomptueux.

– Je vous avais bien dit que j'étais mort ! clama le vieil homme. Vous admettez donc que vous nous avez tués ? Ce n'est pas trop tôt !

Ti se souvint alors pour quel motif il s'était abstenu de porter foi aux éructations du témoin. Le moine aida ce dernier à accompagner aux flambeaux les neuf cercueils vers le temple de la Félicité publique, en attendant l'inhumation au cimetière : ceux, superbes, des Tchou, ceux de leurs domestiques et de la vieille servante, et celui de leur assassin, repêché dans le lac, que l'on avait placé entre quatre planches mal jointes. Le malfaiteur retrouvait dans la mort sa place de subalterne.

Le petit matin arriva alors que personne n'avait dormi. Ti venait à peine de s'allonger quand on gratta à sa porte, côté coursive.

– Entrez, cria-t-il en se demandant qui venait encore l'ennuyer.

Mlle Tchou apparut. Son visage exprimait une timidité qui, pour une fois, n'avait pas l'air feinte. Elle s'agenouilla devant le lit du magistrat.

– Je viens implorer votre clémence, dit-elle.

– Pour votre famille de menteurs ?
– Non. Pour Ho. Je supplie Votre Excellence de ne pas briser mon cœur et de lui pardonner son acte irréfléchi.

Le juge estima que la demoiselle ne manquait pas d'air. Comment gracier un homme qui avait tenté de le trucider dans son sommeil ? Il fallait qu'il fût puni ! Mais pas forcément de la manière prévue par la loi... Après tout, il était, lui, la victime ; le choix de la pénitence lui appartenait.

– Je lui pardonnerai... à condition qu'il vous épouse au plus vite. J'y tiens absolument.

Un sourire radieux éclaira les traits de la jeune fille. Après avoir failli lui sauter au cou, elle le remercia cent fois et courut annoncer la bonne nouvelle à son fiancé. Ti eut un sourire acide. Il n'avait pas accordé son pardon pour leur procurer le bonheur. Le jardinier avait voulu l'étouffer : c'est lui qui allait étouffer sous peu. La peine capitale promise aux assassins de fonctionnaires était une mort trop rapide ; il le condamnait à une souffrance plus longue et plus raffinée. Le malheureux serait assez puni d'avoir une épouse aussi rouée, il maudirait dix mille fois le jour où il avait renoncé à être exécuté pour vivre un calvaire avec une femme devenue perfide, qui compenserait la perte de ses charmes par de l'acrimonie.

Les acteurs l'attendaient dans le couloir, la mine penaude.

– Voilà pourquoi votre cuisine était si bizarre ! dit-il au moine. Vous n'êtes pas cuisinier !

Saveur de Paradis parut choqué.

– Je ne vois pas ce que Votre Excellence veut dire. Quelque chose n'était pas à votre goût ?

Les deux jeunes gens se tenaient par la main. Ce charmant tableau évoquait la douceur un peu mièvre d'une peinture à l'encre sépia pour illustrer un poème sentimental.

– Ils sont promis l'un à l'autre, dit la mère de famille avec un attendrissement tout à fait hors de propos.

Le juge poussa un soupir. Il leur enjoignit de profiter de la décrue pour filer au plus vite. Il voulait bien considérer qu'ils s'étaient rachetés en l'aidant à démasquer le meurtrier. Les Tchou s'inclinèrent avec gratitude. Peu après, ils franchissaient le portail sans demander leur reste.

Le juge Ti regarda leur charrette s'éloigner sur la route boueuse. Il se douta bien qu'ils ne partaient pas les mains vides, mais peu importait. Le vieux M. Tchou n'aurait que faire de quelques lingots en plus ou en moins. Il se rendit compte alors qu'il ne s'était pas enquis de leur véritable nom !

Il fut convenu que la nonne s'installerait au château pour prendre soin de son vieil ami. Le juge se demanda si elle parviendrait à l'empêcher d'aller voir Mlle Bouton-de-Rose. Sans doute pas. En principe la dynastie des Tchou s'arrêtait avec lui. Mais qui sait ? S'il la prenait comme concubine, peut-être la femme-fleur lui donnerait-elle *in extremis* un héritier ? Avec la protection de la déesse, tout était possible. Ti commençait à accorder du crédit à ces superstitions. La déesse du lac, au jour de sa fête, ne s'était-elle pas offert l'abominable majordome ?

La maison était enfin tranquille. C'était le moment de prendre quelques heures de repos. Il s'étendit sur son lit, incapable de trouver le sommeil. Ce cas si particulier le hantait. Ces châtelains, une génération après l'autre, avaient extrait de leur cave ce qui était nécessaire pour mener une vie agréable, sans autre ambition : issus d'un simple pêcheur, ils avaient conservé une volonté farouche de passer inaperçus. En fait, même leur fin serait restée ignorée de lui si un trépassé, en venant flotter jusqu'à ses pieds, ne lui avait signalé le meurtre. Le défunt avait témoigné de son propre assassinat ! « On peut toujours compter sur la vindicte des cadavres », conclut le juge Ti. L'atmosphère magique de cette demeure l'avait contaminé. Il était temps de s'en retourner dans le monde réel.

Au matin, Hong Liang lui annonça non sans plaisir qu'un navire avait accosté avec le reste de leur escorte. Le magistrat n'avait plus qu'à payer les réparations effectuées sur son propre bateau et à reprendre son périple. Il avait justement sous la main le joli lingot d'or découvert dans le parc. Après tout, il ne l'avait pas volé, il l'avait trouvé dans les buissons. M. Tchou en avait bien d'autres à sa disposition, et la résolution de l'énigme valait bien un petit cadeau. Le cahier d'estampes rares offert par ses faux enfants plairait énormément à la Troisième épouse du magistrat, qui était férue de dessins anciens.

Le mandarin et son sergent descendirent la volée de marches du perron, laissèrent derrière eux les deux lionnes en pierre chargées de veiller sur un bonheur qui appartenait déjà au passé, et traversèrent une dernière fois le joli petit pont arqué de l'étang aux lotus. Ce beau jardin du bien était promis à une rapide dégénérescence, à présent que le mal en avait été extirpé. Ti fit sans regrets ses adieux au château du lac Tchou-An, à son luxe inutile et à ses spectres, dont l'ombre planerait longtemps sur ces eaux brumeuses.

Les nombreuses vies du juge Ti

Le véritable Ti Jen-tsié (né en 630 et décédé en l'an 700, Dee Renjie pour les Anglo-Saxons) nous est connu par sa biographie officielle, rédigée au moment de son décès et conservée par le Bureau des Existences remarquables, dans la Cité interdite de la capitale Chang-an, où les Tang archivaient des notices sur les meilleurs mandarins pour l'édification de leurs successeurs.

Ti Jen-tsié appartenait à une lignée de hauts fonctionnaires et donc à la noblesse. Il passa les examens impériaux et entra à la préfecture de Bian (l'actuelle Kaifeng, ville importante du Nord-Est) en qualité de secrétaire. Sa brillante intelligence fut remarquée par un ministre en visite qui favorisa son ascension. Dès lors, Ti se signala particulièrement par ses qualités humaines, son assiduité au travail et son sens de l'équité, trois points très valorisés par la société chinoise. Il finit par être recommandé à l'impératrice Wu elle-même, qui le fit entrer au gouvernement.

L'impératrice Wu s'était imposée en s'appuyant sur le clergé bouddhiste et faisait régner la terreur chez les mandarins confucéens, pour qui l'accession d'une femme au pouvoir était inconcevable. En 692, son exécuteur des basses œuvres, Lai Junchen, chef de la police secrète, accusa Ti de complot et le jeta en prison. Ti avoua ce qu'on voulait afin d'échapper à la torture. Emprisonné, il écrivit une lettre de justification sur sa couverture et la cacha dans son linge sale. Il y expliquait à Wu Zetian que Lai Junchen était habile à fabriquer de fausses preuves, si bien que ses plus honnêtes conseillers étaient réduits aux aveux – et leurs aveux autorisaient leur mise à mort. La couverture étant parvenue à Wu Zetian grâce à un réseau d'opposants à Lai Junchen, l'impératrice s'inquiéta des excès de Lai. Soucieuse de ménager la chèvre et le chou, elle libéra Ti mais, pour ne pas faire perdre la face à son âme damnée, elle l'envoya administrer le district de Pengze, dans le Jiangxi, ce qui représentait un exil.

Quand Lai Junchen fut tombé en disgrâce et exécuté, dame Wu rappela Ti Jen-tsié, dont les exploits ne cessaient de lui revenir aux oreilles. Il fut élevé au titre de duc de Liang et termina sa carrière comme censeur impérial, seul fonctionnaire autorisé à faire des remontrances au Fils du Ciel. Ti poussa la souveraine à restaurer la dynastie des Tang, qu'elle avait abolie en faveur de sa propre famille. Il parvint à la convaincre de léguer le pouvoir aux Tang, ce qui fit davantage pour sa renommée que les innombrables jugements qu'il avait prononcés au fil de sa carrière.

Bien qu'il eût plusieurs fois demandé son congé en raison de son âge avancé, dame Wu le lui refusa toujours. Elle finit par lui interdire de s'agenouiller ou même de s'incliner devant elle, disant :

– Quand je vous vois vous agenouiller, c'est moi qui ai mal.

Elle le dispensa des gardes de nuit auxquelles étaient soumis les autres mandarins du palais et interdit à ses confrères de le déranger pour des questions subalternes. Quand il mourut, le 15 août de l'an 700, elle le pleura amèrement et déclara :
– Le palais du sud (l'administration impériale) est désormais un désert.

Sous les dynasties suivantes, les Chinois inventèrent le roman à énigmes, auquel ils donnèrent pour héros des magistrats célèbres – dont le plus fameux reste le juge Bao, Ti Jen-tsié étant surtout connu des Occidentaux. Robert van Gulik (1910-1967) découvrit dans les années 1940 le manuscrit d'un roman chinois de la dynastie Qing, probablement rédigé au XVIIIe siècle, *Dee Gong An* (*Aventures du juge Ti*). Enthousiasmé par ce texte, ce grand connaisseur de la Chine ancienne rédigea dix-sept tomes supplémentaires. Ses intrigues sont d'extraordinaires mécanismes d'horlogerie dont tous les indices s'agencent parfaitement à la conclusion de l'enquête, à la manière d'Agatha Christie ou de Conan Doyle.

L'auteur du présent ouvrage s'est attaché à replacer le juge Ti dans la société et dans le contexte politique des Tang, grâce à un grand nombre d'études universitaires postérieures au décès de Robert van Gulik. La dynastie Tang (618-907) fut notamment un âge d'or pour les femmes, qui disposèrent de droits étendus et furent autorisées à mener des activités auxquelles elles n'avaient pas accès jusqu'alors et qui leur furent interdites par la suite. Le fait que les contemporains du juge Ti furent gouvernés par une femme n'est sans doute pas étranger à cette particularité.

Carrière de Ti Jen-tsié
dans *Les Nouvelles Enquêtes du juge Ti*

630   Ti Jen-tsié naît dans la capitale du Shanxi. Il y passe ses examens provinciaux. Ses parents le marient à Lin Erma. Il obtient son doctorat, devient secrétaire aux Archives impériales et se choisit une deuxième compagne. Une enquête inopinée le pousse vers une carrière judiciaire.

663   Ti devient sous-préfet de Peng-lai, ville côtière du Nord-Est, à l'embouchure du fleuve Jaune. Il prend une Troisième épouse, fille d'un lettré ruiné. En pleine fête des Fantômes, les statuettes de divinités maléfiques sont retrouvées sur les lieux de divers meurtres (*Dix Petits Démons chinois*). Ti doit identifier l'assassin du magistrat de Pien-fou, agréable cité balnéaire briguée par tous ses collègues (*La Nuit des juges*).

664   Ti remonte le fleuve Jaune à la recherche d'un mystérieux témoin, alors que les cadavres pleuvent autour de lui (*Meurtres sur le fleuve Jaune*).

666   Ti est nommé à Han-yuan, pas très loin de la capitale. Immobilisé par une fracture de la

jambe, il compte sur madame Première pour identifier une momie retrouvée dans la forêt (*Madame Ti mène l'enquête*). Il est confronté à une mystérieuse épidémie qui sème la panique parmi ses administrés (*L'Art délicat du deuil*).

668 Une inondation force Ti à s'arrêter dans un luxueux domaine dont les habitants cachent un lourd secret (*Le Château du lac Tchou-An*). Devenu sous-préfet de Pou-yang, sur le Grand Canal impérial, dans l'est de la Chine, il doit élucider l'énigme d'un corps sans tête découvert dans une maison de passe (*Le Palais des courtisanes*). Il séjourne dans un monastère taoïste et envoie madame Première faire retraite dans un couvent de nonnes bouddhistes (*Petits Meurtres entre moines*).

669 Devenu amnésique, Ti va se reposer avec sa famille dans un magnifique domaine isolé (*Le Mystère du jardin chinois*).

670 Ti est envoyé surveiller la récolte du thé destiné à l'empereur (*Thé vert et arsenic*).

671 Magistrat de Lan-fang, aux marges de l'Empire, Ti supervise la restauration de la Grande Muraille quand les Turcs bleus envahissent la région (*Panique sur la Grande Muraille*).

676 Au cours d'une tournée de collecte fiscale dans son district de Pei-Tchéou, Ti séjourne dans une ville livrée à la passion du jeu (*Mort d'un maître de go*). À Pei-Tchéou, il cherche à retrouver un trésor de jade disparu (*Un Chinois ne ment jamais*).

677	Rappelé à la capitale, Ti se voit confier une enquête dont dépend la vie d'une centaine de cuisiniers de la Cité interdite (*Mort d'un cuisinier chinois*). Il est chargé de débusquer un assassin parmi les membres du Grand Service médical, organisme central de la médecine chinoise (*Médecine chinoise à l'usage des assassins*). Devenu directeur de la police, il poursuit le criminel le plus recherché de l'Empire (*Guide de survie d'un juge en Chine*).
678	Ti est chargé d'initier une délégation de Japonais à la culture chinoise (*Diplomatie en kimono*). Il doit élucider une série de meurtres de jeunes femmes (*Divorce à la chinoise*).
680	Ti Jen-tsié devient un conseiller influent de l'impératrice Wu.
700	Après avoir été créé duc de Liang, il s'éteint à Chang-an dans sa soixante-dixième année.

Table

I. *Tout en descendant la rivière, le juge Ti se reproche son imprudence ; dans une auberge, il entend d'intéressantes légendes locales.* 9

II. *Une auberge reçoit une visite macabre ; des vêtements de soie témoignent d'un meurtre.* 23

III. *Le juge Ti trouve refuge dans des lieux plus accueillants ; il fait la connaissance d'une curieuse famille.* 38

IV. *Le juge Ti jette un regard nouveau sur la ville de Lo-p'ou ; il reçoit un cadeau de prix.* 52

V. *Une statue se met à parler ; le juge Ti découvre une famille encore plus déconcertante.* 69

VI. *Le juge Ti fait un rêve ; un nouveau décès survient en ville.* 88

VII. *Le vieux Tchou fait des siennes ; sa petite-fille propose au juge Ti un marché inattendu.* 105

VIII. *Le juge Ti a une illumination ; le majordome adopte une étrange conduite.* 120

IX. *Le juge Ti se bat avec des souliers ; il contraint Mme Tchou à une pénible confession.* 132

X. *Le juge Ti surprend une tentative de désertion ; il a avec les Tchou une explication orageuse.* 144

XI. *Le juge Ti échappe à un attentat ; une pie lui livre la pièce manquante.* 159

XII. *Le juge Ti recueille des aveux surprenants ; une famille disparaît.* 172

XIII. *Le juge Ti tend un piège ; il découvre un trésor gardé par des fantômes.* 184

XIV. *Le juge Ti cherche en vain du secours ; tout le monde meurt.* 198

Les nombreuses vies du juge Ti 217
Carrière de Ti Jen-tsié
   dans *Les Nouvelles Enquêtes du juge Ti* 221

DU MÊME AUTEUR

Les Insulaires
Éditions de Septembre, 1990

Les Fous de Guernesey
ou les Amateurs de littérature
Robert Laffont, 1991

L'Ami du genre humain
Robert Laffont, 1993

L'Odyssée d'Abounaparti
Robert Laffont, 1995

Mademoiselle Chon du Barry
ou les Surprises du destin
Robert Laffont, 1996

Les Princesses vagabondes
prix François-Mauriac de l'Académie française
Jean-Claude Lattès, 1998

La Jeune Fille et le Philosophe
Fayard, 2000

Un beau captif
Fayard, 2001

La Pension Belhomme
Une prison de luxe sous la Terreur
Fayard, 2002

Douze tyrans minuscules
Les policiers de Paris sous la Terreur
Fayard, 2003

Voltaire mène l'enquête

La baronne meurt à cinq heures
Lattès, 2011
Éditions du Masque, 2012
et « Le Livre de poche », n°32938

Meurtre dans le boudoir
Lattès, 2012
Éditions du Masque, 2013
et « Le Livre de poche », n°33133

Le diable s'habille en Voltaire
Lattès, 2013
et « Le Livre de poche », n°33683

Crimes et Condiments
Éditions du Masque, 2015

Élémentaire, mon cher Voltaire
Lattès, 2015

Les Mystères de Venise
(sous le pseudonyme de Loredan)

Leonora, agent du doge
Fayard, 2008
et « Le Livre de poche », n°31767

La Nuit de San Marco
Fayard, 2009
et « Le Livre de poche », n°32434

Confessions d'un masque vénitien
Fayard, 2010

Crimes, gondoles et pâtisserie
Fayard, 2011

Les Îles mystérieuses
Fayard, 2012

Les Nouvelles Enquêtes du juge Ti

La Nuit des juges
Fayard, 2004
et « Points », n° P1542

Le Palais des courtisanes
Fayard, 2004
et « Points », n° P1600

Petits meurtres entre moines
Fayard, 2004
et « Points », n° P1832

Madame Ti mène l'enquête
Fayard, 2005
et « Points », n° P1833

Mort d'un cuisinier chinois
Fayard, 2005
et « Points », n° P2044

L'Art délicat du deuil
Fayard, 2006
et « Points », n° P2288

Mort d'un maître de go
Fayard, 2006
et « Points », n° P2457

Dix petits démons chinois
Fayard, 2007
et « Points », n° P2589

Médecine chinoise à l'usage des assassins
Fayard, 2007

Guide de survie d'un juge en Chine
Fayard, 2008
et « Points », n° P2692

Panique sur la Grande Muraille
Fayard, 2008

Le Mystère du jardin chinois
Fayard, 2009

Diplomatie en kimono
Fayard, 2009

Thé vert et arsenic
*Fayard, 2010
et « Points », n° P4065*

Un Chinois ne ment jamais
Fayard, 2010

Divorce à la Chinoise
Fayard, 2011

Meurtres sur le fleuve Jaune
Fayard, 2011

La Longue Marche du juge Ti
Fayard, 2012

Les Nouvelles Enquêtes du juge Bao

Un thé chez Confucius
*Philippe Picquier, 2012
et Picquier poche, 2014*

Les Enquêtes de Mlle de Sade

Qui en veut au marquis de Sade ?
« J'ai lu », 2015

Jeunesse

La Nuit de toutes les couleurs
*(avec Émilie Chollat)
Milan, 1999*

Une histoire à dormir debout
*(avec Gwen Kéraval)
Milan, 1999, 2008*

Petit lapin a disparu
(avec Isabelle Chatelard)
Milan, 2000, 2009

Je m'envole
(avec Olivier Latick)
Milan, 2000

L'Orphelin de la Bastille

L'Orphelin de la Bastille
Milan, 2002
et « Milan poche junior », n° 120

Révolution !
Milan, 2003
et « Milan poche junior », n° 137

La Grande Peur
Milan, 2004

Les Derniers Jours de Versailles
Milan, 2005

La Princesse météo
(en collaboration avec Frédéric Pillot)
Milan, 2005, 2007

Les Savants de la Révolution
Milan, 2006

La Princesse météo
(en collaboration avec Frédéric Pillot)
Milan, 2005, 2007

RÉALISATION : NORD COMPO À VILLENEUVE-D'ASCQ
IMPRESSION : CPI FRANCE
DÉPÔT LÉGAL : JANVIER 2014. N° 116322-3 (2051366)
IMPRIMÉ EN FRANCE

Éditions Points

Le catalogue complet de nos collections est sur Le Cercle Points, ainsi que des interviews de vos auteurs préférés, des jeux-concours, des conseils de lecture, des extraits en avant-première…

www.lecerclepoints.com

Collection Points Policier

DERNIERS TITRES PARUS

- P2740. Un espion d'hier et de demain, *Robert Littell*
- P2741. L'Homme inquiet, *Henning Mankell*
- P2742. La Petite Fille de ses rêves, *Donna Leon*
- P2744. La Nuit sauvage, *Terri Jentz*
- P2747. Eva Moreno, *Håkan Nesser*
- P2748. La 7e victime, *Alexandra Marinina*
- P2749. Mauvais fils, *George P. Pelecanos*
- P2751. La Femme congelée, *Jon Michelet*
- P2753. Brunetti passe à table. Recettes et récits *Roberta Pianaro et Donna Leon*
- P2754. Les Leçons du mal, *Thomas H. Cook*
- P2788. Jeux de vilains, *Jonathan Kellerman*
- P2798. Les Neuf Dragons, *Michael Connelly*
- P2804. Secondes noires, *Karin Fossum*
- P2805. Ultimes Rituels, *Yrsa Sigurdardottir*
- P2808. Frontière mouvante, *Knut Faldbakken*
- P2809. Je ne porte pas mon nom, *Anna Grue*
- P2810. Tueurs, *Stéphane Bourgoin*
- P2811. La Nuit de Geronimo, *Dominique Sylvain*
- P2823. Les Enquêtes de Brunetti, *Donna Leon*
- P2825. Été, *Mons Kallentoft*
- P2828. La Rivière noire, *Arnaldur Indridason*
- P2841. Trois semaines pour un adieu, *C.J. Box*
- P2842. Orphelins de sang, *Patrick Bard*
- P2868. Automne, *Mons Kallentoft*
- P2869. Du sang sur l'autel, *Thomas H. Cook*
- P2870. Le Vingt et Unième cas, *Håkan Nesser*
- P2882. Tatouage, *Manuel Vázquez Montalbán*
- P2897. Philby. Portrait de l'espion en jeune homme *Robert Littell*
- P2920. Les Anges perdus, *Jonathan Kellerman*

P2922. Les Enquêtes d'Erlendur, *Arnaldur Indridason*
P2933. Disparues, *Chris Mooney*
P2934. La Prisonnière de la tour. Et autres nouvelles
Boris Akounine
P2936. Le Chinois, *Henning Mankell*
P2937. La Femme au masque de chair, *Donna Leon*
P2938. Comme neige, *Jon Michelet*
P2939. Par amitié, *George P. Pelecanos*
P2963. La Mort muette, *Volker Kutscher*
P2990. Mes conversations avec les tueurs, *Stéphane Bourgoin*
P2991. Double meurtre à Borodi Lane, *Jonathan Kellerman*
P2992. Poussière tu seras, *Sam Millar*
P3002. Le Chapelet de jade, *Boris Akounine*
P3007. Printemps, *Mons Kallentoft*
P3015. La Peau de l'autre, *David Carkeet*
P3028. La Muraille de lave, *Arnaldur Indridason*
P3035. À la trace, *Deon Meyer*
P3043. Sur le fil du rasoir, *Oliver Harris*
P3051. L'Empreinte des morts, *C.J. Box*
P3052. Qui a tué l'ayatollah Kanuni?, *Naïri Nahapétian*
P3053. Cyber China, *Qiu Xiaolong*
P3065. Frissons d'assises. L'instant où le procès bascule
Stéphane Durand-Souffland
P3091. Les Joyaux du paradis, *Donna Leon*
P3103. Le Dernier Lapon, *Olivier Truc*
P3115. Meurtre au Comité central
Manuel Vázquez Montalbán
P3123. Liquidations à la grecque, *Petros Markaris*
P3124. Baltimore, *David Simon*
P3125. Je sais qui tu es, *Yrsa Sigurdardóttir*
P3141. Le Baiser de Judas, *Anna Grue*
P3142. L'Ange du matin, *Arni Thorarinsson*
P3149. Le Roi Lézard, *Dominique Sylvain*
P3161. La Faille souterraine. Et autres enquêtes
Henning Mankell
P3162. Les deux premières enquêtes cultes de Wallander:
Meurtriers sans visage & Les Chiens de Riga
Henning Mankell
P3163. Brunetti et le mauvais augure, *Donna Leon*
P3164. La Cinquième Saison, *Mons Kallentoft*
P3165. Panique sur la Grande Muraille & Le Mystère
du jardin chinois, *Frédéric Lenormand*
P3166. Rouge est le sang, *Sam Millar*
P3167. L'Énigme de Flatey, *Viktor Arnar Ingólfsson*
P3168. Goldstein, *Volker Kutscher*
P3219. Guerre sale, *Dominique Sylvain*
P3220. Arab Jazz, *Karim Miské*

P3228.	Avant la fin du monde,	*Boris Akounine*
P3229.	Au fond de ton cœur,	*Torsten Pettersson*
P3234.	Une belle saloperie,	*Robert Littell*
P3235.	Fin de course,	*C.J. Box*
P3251.	Étranges Rivages,	*Arnaldur Indridason*
P3267.	Les Tricheurs,	*Jonathan Kellerman*
P3268.	Dernier refrain à Ispahan,	*Naïri Nahapétian*
P3279.	Kind of blue,	*Miles Corwin*
P3280.	La fille qui avait de la neige dans les cheveux *Ninni Schulman*	
P3295.	Sept pépins de grenade,	*Jane Bradley*
P3296.	À qui se fier ?,	*Peter Spiegelman*
P3315.	Techno Bobo,	*Dominique Sylvain*
P3316.	Première station avant l'abattoir,	*Romain Slocombe*
P3317.	Bien mal acquis,	*Yrsa Sigurdardottir*
P3330.	Le Justicier d'Athènes,	*Petros Markaris*
P3331.	La Solitude du manager,	*Manuel Vázquez Montalbán*
P3349.	7 jours,	*Deon Meyer*
P3350.	Homme sans chien,	*Håkan Nesser*
P3351.	Dernier verre à Manhattan,	*Don Winslow*
P3374.	Mon parrain de Brooklyn,	*Hesh Kestin*
P3389.	Piégés dans le Yellowstone,	*C.J. Box*
P3390.	On the Brinks,	*Sam Millar*
P3399.	Deux veuves pour un testament,	*Donna Leon*
P4004.	Terminus Belz,	*Emmanuel Grand*
P4005.	Les Anges aquatiques,	*Mons Kallentoft*
P4006.	Strad,	*Dominique Sylvain*
P4007.	Les Chiens de Belfast,	*Sam Millar*
P4008.	Marée d'équinoxe,	*Cilla et Rolf Börjlind*
P4050.	L'Inconnue du bar,	*Jonathan Kellerman*
P4051.	Une disparition inquiétante,	*Dror Mishani*
P4065.	Thé vert et arsenic,	*Frédéric Lenormand*
P4068.	Pain, éducation, liberté,	*Petros Markaris*
P4088.	Meurtre à Tombouctou,	*Moussa Konaté*
P4089.	L'Empreinte massaï,	*Richard Crompton*
P4093.	Le Duel,	*Arnaldur Indridason*
P4101.	Dark Horse,	*Craig Johnson*
P4102.	Dragon bleu, tigre blanc,	*Qiu Xiaolong*
P4114.	Le garçon qui ne pleurait plus,	*Ninni Schulman*
P4115.	Trottoirs du crépuscule,	*Karen Campbell*
P4117.	Dawa,	*Julien Suaudeau*
P4127.	Vent froid,	*C.J. Box*
P4159.	Une main encombrante,	*Henning Mankell*
P4160.	Un été avec Kim Novak,	*Håkan Nesser*
P4171.	Le Détroit du Loup,	*Olivier Truc*
P4188.	L'Ombre des chats,	*Arni Thorarinsson*
P4189.	Le Gâteau mexicain,	*Antonin Varenne*

P4210.	La Lionne blanche & L'homme qui souriait, *Henning Mankell*
P4211.	Kobra, *Deon Meyer*
P4212.	Point Dume, *Dan Fante*
P4224.	Les Nuits de Reykjavik, *Arnaldur Indridason*
P4225.	L'Inconnu du Grand Canal, *Donna Leon*
P4226.	Little Bird, *Craig Johnson*
P4227.	Une si jolie petite fille. Les crimes de Mary Bell, *Gitta Sereny*
P4228.	La Madone de Notre-Dame, *Alexis Ragougneau*
P4229.	Midnight Alley, *Miles Corwin*
P4230.	La Ville des morts, *Sara Gran*
P4231.	Un Chinois ne ment jamais & Diplomatie en kimono, *Frédéric Lenormand*
P4232.	Le Passager d'Istanbul, *Joseph Kanon*
P4233.	Retour à Watersbridge, *James Scott*
P4234.	Petits meurtres à l'étouffée, *Noël Balen*
P4285.	La Revanche du petit juge, *Mimmo Gangemi*
P4286.	Les Écailles d'or, *Parker Bilal*
P4287.	Les Loups blessés, *Christophe Molmy*
P4295.	La Cabane des pendus, *Gordon Ferris*
P4305.	Un type bien. Correspondance 1921-1960, *Dashiell Hammett*
P4313.	Le Cannibale de Crumlin Road, *Sam Millar*
P4326.	Molosses, *Craig Johnson*
P4334.	Tango Parano, *Hervé Le Corre*
P4341.	Un maniaque dans la ville, *Jonathan Kellerman*
P4342.	Du sang sur l'arc-en-ciel, *Mike Nicol*
P4351.	Au bout de la route, l'enfer, *C.J. Box*
P4352.	Le garçon qui ne parlait pas, *Donna Leon*
P4353.	Les Couleurs de la ville, *Liam McIlvanney*
P4363.	Ombres et Soleil, *Dominique Sylvain*
P4367.	La Rose d'Alexandrie, *Manuel Vázquez Montalbán*
P4393.	Battues, *Antonin Varenne*
P4417.	À chaque jour suffit son crime, *Stéphane Bourgoin*
P4425.	Des garçons bien élevés, *Tony Parsons*
P4430.	Opération Napoléon, *Arnaldur Indridason*
P4461.	Épilogue meurtrier, *Petros Markaris*
P4467.	En vrille, *Deon Meyer*
P4468.	Le Camp des morts, *Craig Johnson*
P4476.	Les Justiciers de Glasgow, *Gordon Ferris*
P4477.	L'Équation du chat, *Christine Adamo*
P4482.	Une contrée paisible et froide, *Clayton Lindemuth*
P4486.	Brunetti entre les lignes, *Donna Leon*
P4487.	Suburra, *Carlo Bonini et Giancarlo de Cataldo*
P4488.	Le Pacte du petit juge, *Mimmo Gangemi*
P4516.	Meurtres rituels à Imbaba, *Parker Bilal*